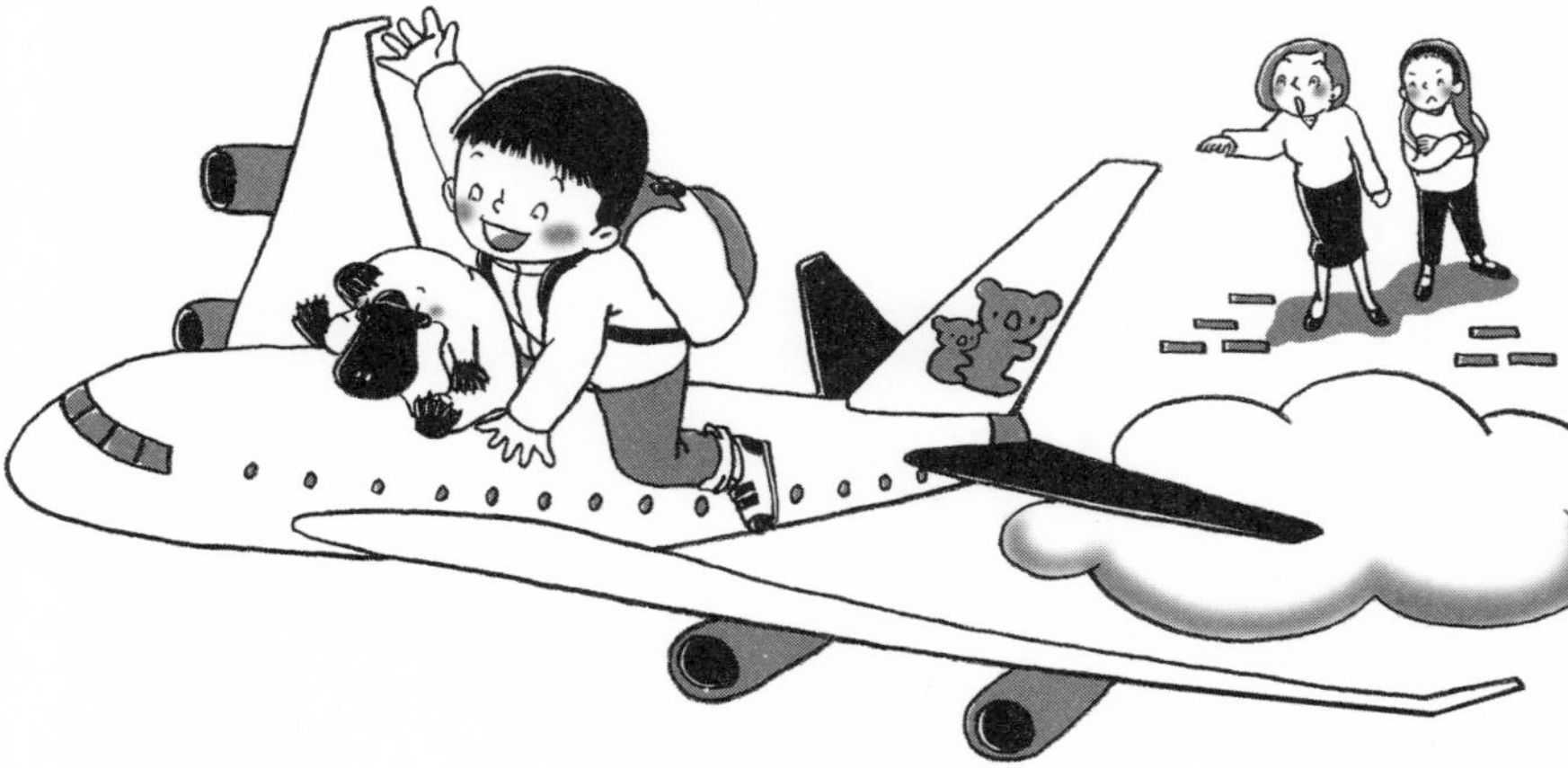

ぼくのあいぼうはカモノハシ

ミヒャエル・エングラー 作
はたさわゆうこ 訳　杉原知子 絵

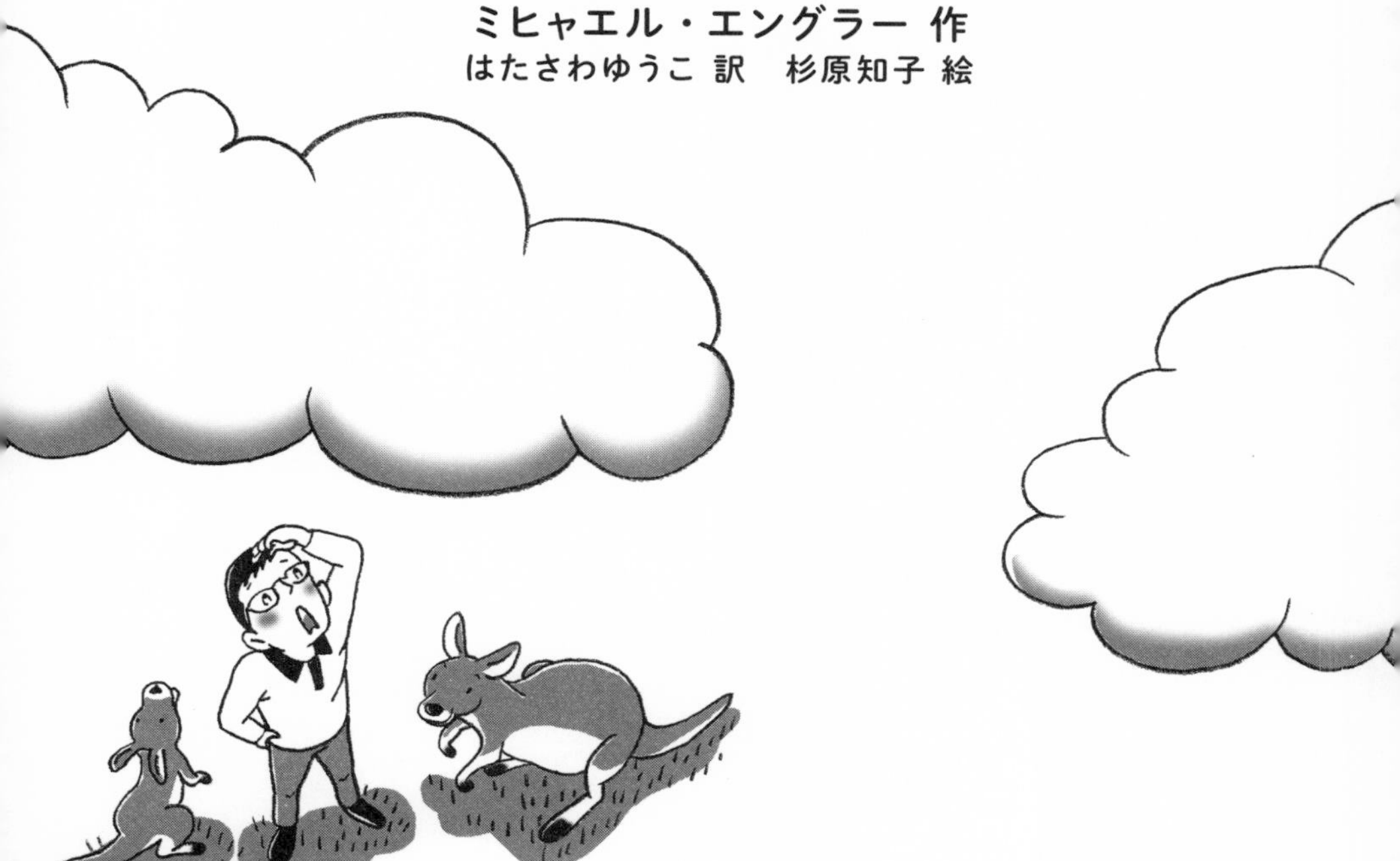

もくじ

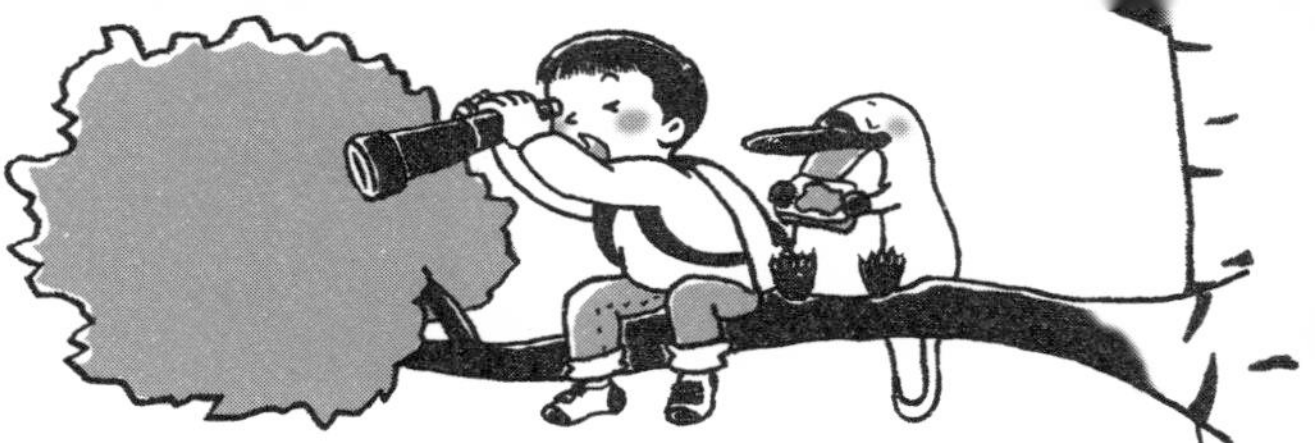

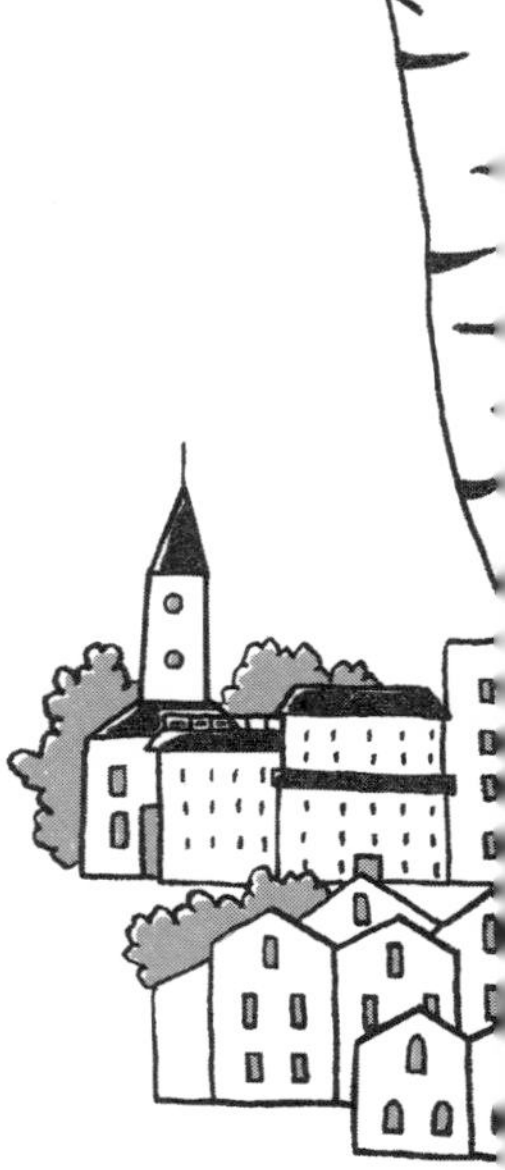

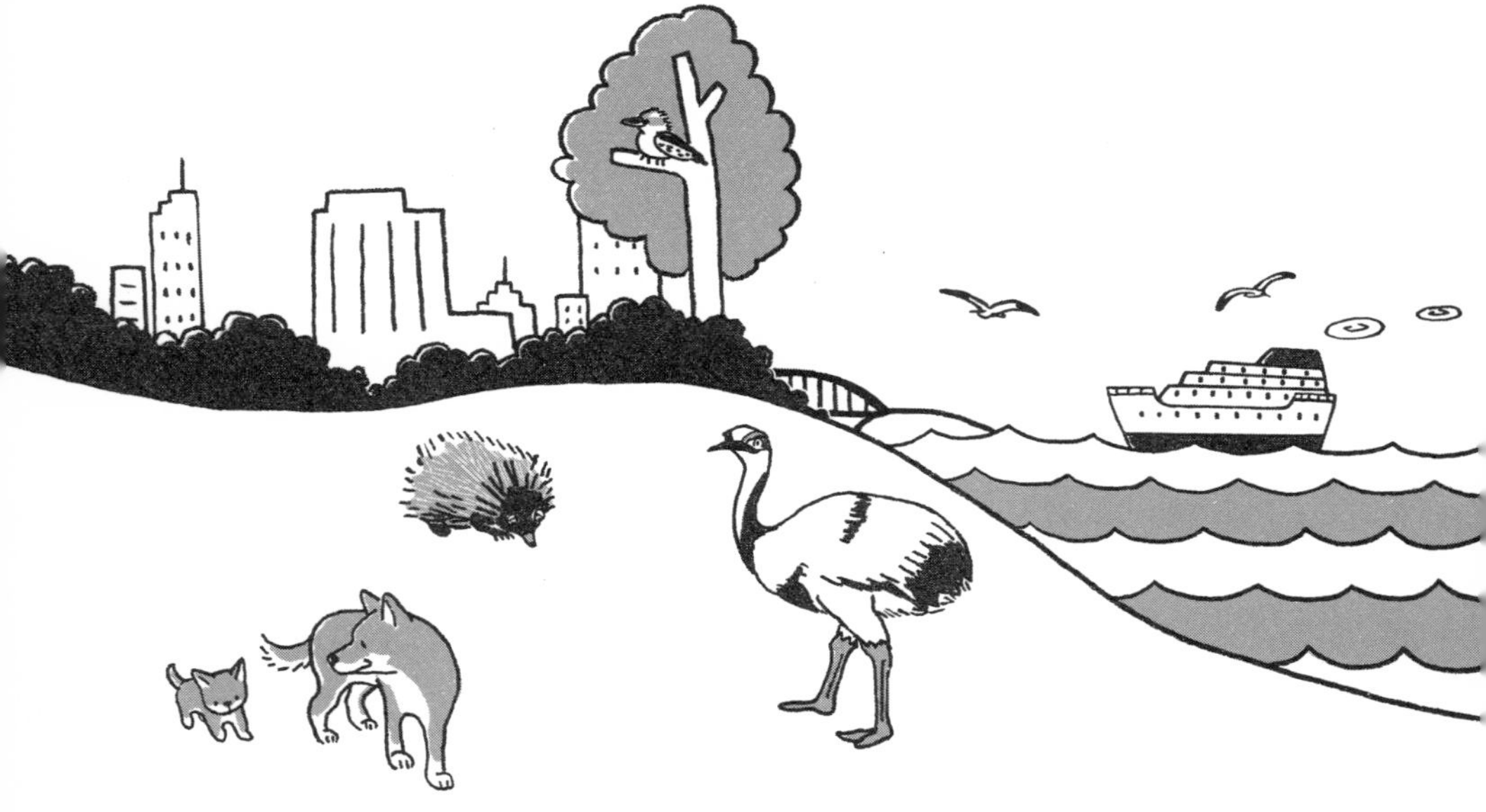

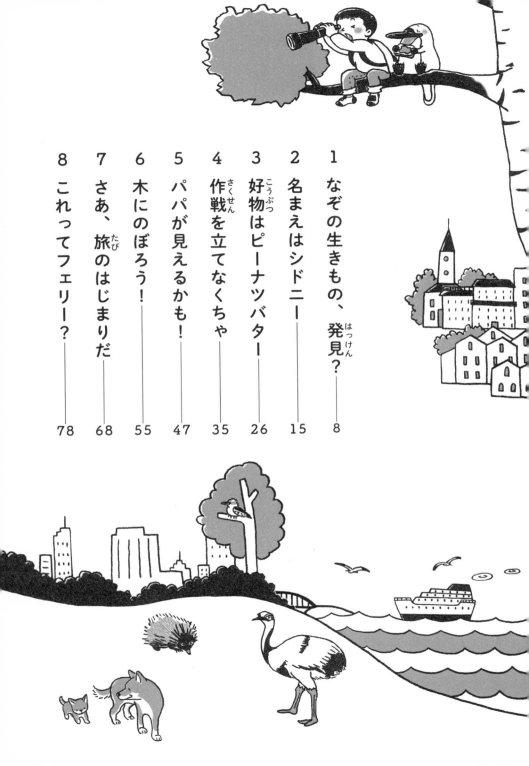

ルフスのすむ国《くに》ドイツを中心《ちゅうしん》に見た世界地図《せかいちず》

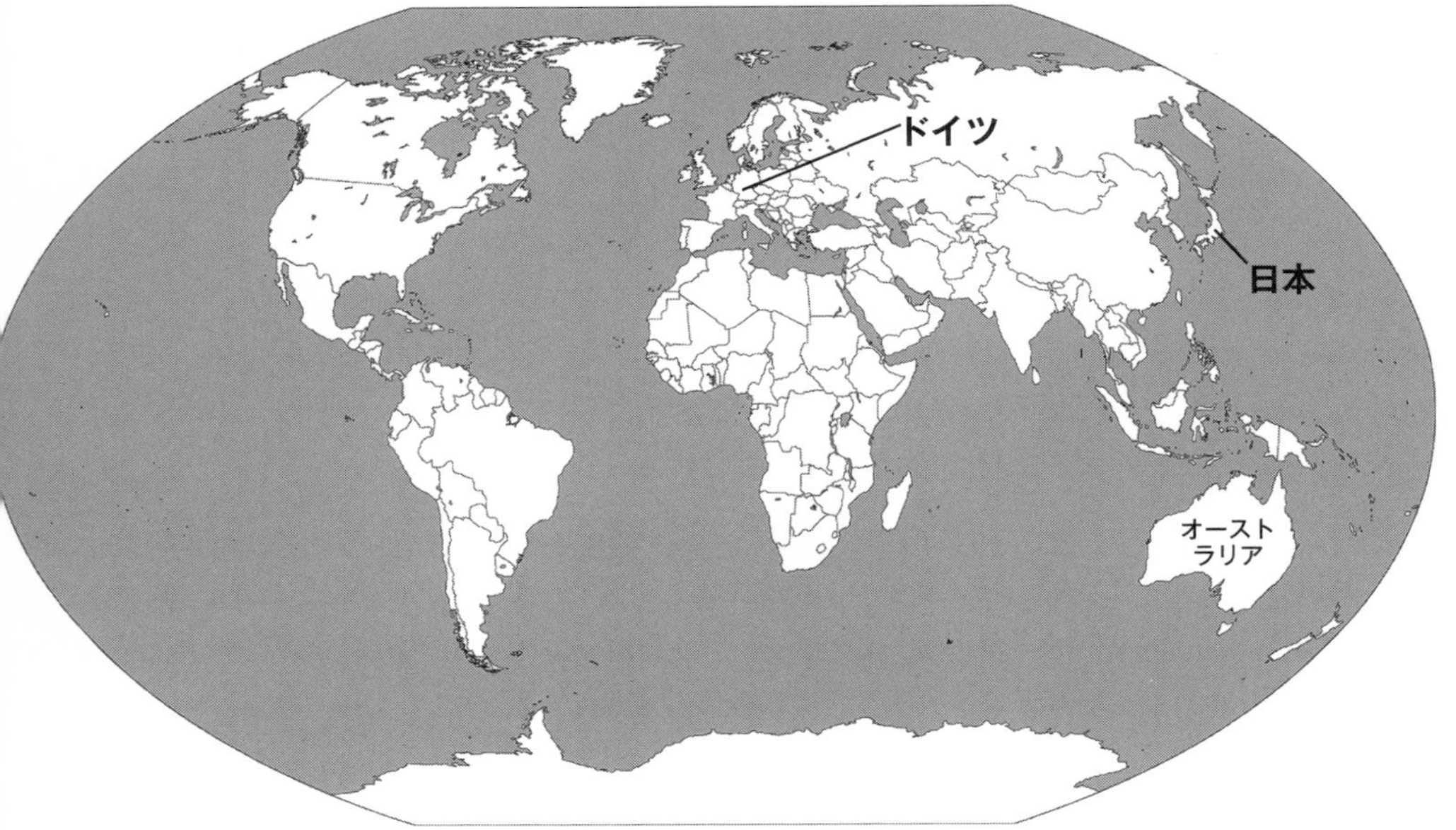

ぼくのあいぼうはカモノハシ

1　なぞの生きもの、発見《はっけん》？

ルフスの頭《あたま》に、ぽつりとさいしょの雨《あま》つぶが落《お》ちてきた。いつのまにか、空がまっ黒《くろ》な雲《くも》におおわれている。サッカーの練習試合《れんしゅうじあい》がおわったときは、晴《は》れていたのに。

遠《とお》くで、ぴかっといなずまが光《ひか》った。ルフスは、すぐに数《かず》を数《かぞ》えはじめた。音が聞《き》こえるまでの時間《じかん》で、かみなりがどれくらい近《ちか》くに来《き》ているのかがわかる。

「……二十一、二十二、二十三」

ドオン、ゴロゴロとかみなりが鳴《な》って、空気がびりびりふるえた。通《とお》りには、もうだれもいない。

しまった。

ひとりで歩《ある》いて帰《かえ》ろうとしたのは、しっぱいだったかな。そう思《おも》ったとたん、つぎつぎにさいあくなことばかりが、頭《あたま》にうかんできた。

かみなりが、ぼくに落《お》ちたらどうしよう。ぼくじゃなくて木に落《お》ちて、その木がぼくの上にたおれてくるかもしれない。それか、その木が路面電車《ろめんでんしゃ》の上にたおれて、ぼくはひっくりかえった電車《でんしゃ》につぶされちゃうかも。

ルフスは、走《はし》りだした。サッカーシューズがバシャバシャと水をはねあげる。水は、くつ下にまでしみこんできた。ジーンズも、ひざのあたりまでぐっしょりぬれて、ひと足ごとに重《おも》くなってくる。

そのとき、ザーザーぶりの雨のむこうに、バス停《てい》が見えた。屋根《やね》もベンチもある。動物園《どうぶつえん》のまえのバス停《てい》だ。よし、あそこで雨《あま》やどりしよう！

バス停《てい》にかけこむと、屋根《やね》に大《おお》つぶの雨があたって、バラバラとにぎやかな音を立てていた。まるで、こびとがかなづちで屋根《やね》をたたいているみたいだ。

空が、またぴかっと光《ひか》った。こんどは、数《かず》を数《かぞ》えはじめてすぐに、ドドーン、バリバリ、とすさまじい音が鳴《な》りひびいた。かみなりはもう、近《ちか》くまで来《き》ている。ルフスはベンチにすわり、風《かぜ》よけのかべにぴたりとせなかをつけて、ひざをかかえた。それから、目をとじて、両手《りょうて》でしっかりと耳をふさいだ。なにも見たくないし、なにも聞《き》きたくない。

たのしいことを考《かんが》えよう。

そうだ、今日《きょう》のぼくのシュート。あれはさいこうにうまくいった。ドリブルで右サイドをぬいて、ディフェンダーをふたりかわし、いっきにペナルティエリアへ。横目《よこめ》で、キーパーとゴールポストのあいだのすきまをとらえ、すかさず左足でシュート！　すばらしいゴールだった。あんなシュートができるのは、ドイツでいちばん強《つよ》いバイエルン・ミュンヘンの選手《せんしゅ》くらいじゃないかな。

試合《しあい》のことを思《おも》いだしているあいだに、あらしは、やってきたときと同《おな》じくらいのスピードで、あっというまにとおりすぎていった。雨も、もうふっていない。

耳をふさいでいた手をはなすと、バス停《てい》うらの大きな木から、ポタポタと葉《は》に落《お》ちるしずくの音が聞《き》こえてきた。ときどき、ピチャッと、下の水たまりに落《お》ちる音もする。

と、その音にまじって、「キュウウウ」と、なにかの鳴《な》き声《ごえ》がした。なんだか、かなしそうな声《こえ》だ。近《ちか》くの植《う》えこみのところかな。

ルフスは立ちあがって、バス停《てい》のうらがわへまわってみた。

あそこだ！　植《う》えこみのおくの地面《じめん》に、なにかがぺたっと横《よこ》たわっている。

きっと、けがをしているんだ。ルフスは、まえに、まどにぶつかってきずついた小鳥《ことり》が、地面《じめん》に落《お》ちていたのを思《おも》いだした。でも、このあたりに、まどはひとつもない。

そっとしゃがんで、落《お》ちていた小枝《こえだ》で、植《う》えこみの葉《は》を持《も》ちあげてみる。

見たことのない動物《どうぶつ》だ。毛《け》は黒《くろ》っぽい。ビーバーかな。ウサギにも見える。でも、足に水かきがついているし、アヒルみたいなくちばしもあるぞ。ずいぶんひらべったいくちばしだけど。やっぱり、弱《よわ》っているみたいだな。もう、いきをしていないのかも……。

死《し》んだ動物《どうぶつ》には、むやみにさわってはいけない。それは知《し》っている。細菌《さいきん》とか病気《びょうき》のもとになるものが、たくさんついていたりするからだ。

生きているかどうかたしかめようと思《おも》って、小枝《こえだ》でちょんちょんとつついたけれど、ぴくりともしない。見れば見るほど、へんな生きものだ。ルフスは立ちあがって、バス停《てい》へもどろうとした。

「キュウ……」また、鳴《な》いた。

ふりむくと、くちばしの大きなその動物《どうぶつ》が、顔《かお》を少《すこ》しあげて、ルフスを見つめている。ひどくかなしそうな目だ。こんな目、見たことないや。

「生きてたんだね」ルフスが言《い》うと、その動物《どうぶつ》がうなずいたように見えた。

ルフスはちょっとおどろいて、地面《じめん》にひざをつき、おそるおそる手をのばして体《からだ》にさわってみた。ぐっしょりぬれている。けど、生きているのは、たしかだ。

「キュウウ……」

「もしかして、おなかがすいてるの？」

こんどは、はっきりとうなずいた。ルフスは、いきがとまりそうになった。ぼくがなにをきいたのか、ほんとうにわかってるのかな。

「きみは、ぼくの言《い》うことが、わかるの？」

やっぱり、うなずいている。見まちがいじゃない。

人間《にんげん》のことばがわかる生きものなんて、聞《き》いたことがない。犬は「おすわり」や「まて」をするし、サーカスの動物《どうぶつ》たちも言《い》われたとおりに芸《げい》をする。でも、いまのは、そういうのとはちがう。ぜんぜんちがう。

ルフスの心臓《しんぞう》が、どきどきいいだした。

ひょっとして、新種《しんしゅ》の動物《どうぶつ》を発見《はっけん》しちゃったのかな？　くちばしビーバー？

いや、水かきウサギ？

とにかく、これは人間《にんげん》のことばがわかる動物《どうぶつ》だ。明日《あした》の新聞《しんぶん》に大きくのるぞ。

パパがよく読《よ》んでいる科学雑誌《かがくざっし》にも。そして、新《あたら》しい動物《どうぶつ》には、ぼくの名まえがつく。ラテン語《ご》っぽい名まえで、ルフス・クチバシウスとか。それって、ぼくが有名《ゆうめい》になるってことじゃないか。

まてよ、これはそもそも動物《どうぶつ》でもない、まったく新《あたら》しい未知《みち》の生命体《せいめいたい》で、それを、いまぼくが発見《はっけん》したのだとしたら？　もしそうなら、ぼくはただの有名人《ゆうめいじん》どころか、世界《せかい》じゅうに名まえを知《し》られて、ものすごく偉《えら》くなるってことじゃないか。パパもきっと、ぼくの記事《きじ》を新聞《しんぶん》で読《よ》んで、じまんのむすこだ、ってみんなに言《い》うだろうな。

2　名まえはシドニー

　よし、すぐに新聞社《しんぶんしゃ》へ見せにいこう。

　ルフスは思《おも》いきって、その生きものをだきあげた。かかえたとたん、その小さな心臓《しんぞう》がはげしく打《う》っているのが、うでにつたわってきた。

「あっ！」生きものが言《い》った。

「えっ？　ひょっとして、きみ、しゃべれるの？」

「もちろんです」

　しゃべった！

　ルフスはびっくりして、その生きものを落《お》っことしそうになった。

すごい！　ぼくは、ほんとうに大発見《だいはっけん》をしちゃったんだ。これはすばらしい賞《しょう》をもらえるぞ。賞状《しょうじょう》とか、くんしょうとか、ほかにもいろいろ。

「きみは、なんていう生きものなの？」ルフスはきいた。

「人間《にんげん》は『カモノハシ』とよんでいます」

「人間《にんげん》は、って？」

「ほんとうの名まえは、ちょっとちがうんです」

「ほんとうの名まえ？」

「はい。ほんとうは『美《うつく》しさと勇気《ゆうき》と知性《ちせい》あふれる無二《むに》の生きもの』といいます」

「うわっ、ずいぶん長《なが》いね」

「でしょ？　だから、人間《にんげん》は『カモノハシ』とよぶ。ほんとうの名まえがおぼえられないから」

「きみは、いろんなことを知《し》っているみたいだね」ルフスはすっかり感心《かんしん》してしまった。

「カモノハシなら、なんでも知《し》っているのは、めずらしくありません」

「きみの名まえは？　じぶんだけの名まえはないの？」

いちいちカモノハシくんとよぶのはへんだし、「勇気《ゆうき》となんとか」は、長《なが》すぎる。

「また質問《しつもん》？　これはクイズ番組《ばんぐみ》ですか？」こんどはカモノハシが、ルフスにきいた。

「名まえをきかないと、しつれいかな、と思《おも》って」

「いえ、あなたが知《し》りたがりやなだけでしょう。もし、ほんとうに礼儀正《れいぎただ》しくて、思《おも》いやりがあるなら、いま、また雨がふりだして、びしょぬれのぼくがぶるぶるふるえていることに、気がつくはずです。ぼくがひっしで動物園《どうぶつえん》から逃《に》げだして、あぶない目にあいながら、やっとここまでたどりついたことにも。だから、もう腹《はら》ぺこで死《し》にそうだってことにもね」

「ぼく、どうすればいい？」

「あなたの家《いえ》へ、つれてってください。そして、あったかいおふろと、食《た》べものと、できればココアを一ぱいおねがいします。それからなによりも、せいけつなベッド。あとは、また考《かんが》えましょう」

「うちへつれて帰《かえ》っちゃって、いいのかなあ」

カモノハシは不満《ふまん》そうに、首《くび》を横《よこ》にふった。

「ここは、『よろこんでおつれします』って言《い》うところですよ」

「わかった。いっしょに行《い》こう」

まだ少《すこ》し雨がふっているけど、たいしたことはない。ルフスは、カモノハシを胸《むね》にだいたまま、上着《うわぎ》のファスナーをあげて、首《くび》から下をしっかりとおおってあげた。

バス停《てい》へもどり、バッグを持《も》って歩《ある》きだすと、カモノハシがつぶやいた。

「いい気持《きも》ち……あったかくて、オーストラリアにいるみたいだ」

ルフスはおどろいて、立《た》ちどまった。

「オーストラリアを知《し》ってるの？」

「はい、はっきり言《い》って、オーストラリアのことなら、知《し》らないことはありません！　なにしろ、ここの動物園《どうぶつえん》につれてこられるまで、ずっとくらしていた国《くに》ですからね」

そういえば、パパが言《い》っていた。オーストラリアには、めずらしい動物《どうぶつ》がたくさんいるんだよって。

カンガルー、コアラ、ウォンバット……それに、カモノハシ！　どうしてわすれてたんだろう。

新種《しんしゅ》の生きものじゃなかったんだ。これじゃ、りっぱな賞《しょう》をもらうことはできないな。いや、まだ望《のぞ》みはあるかも。

「カモノハシは、みんなしゃべれるの？　しゃべるカモノハシは、めずらしいんじゃない？」

「だれが人間《にんげん》にことばを教《おし》えたと思《おも》いますか?」カモノハシがききかえした。

ルフスは肩《かた》をすくめて言《い》った。

「カモノハシなの?」信《しん》じられない。でも、カモノハシは、大まじめな顔《かお》でうなずいている。

ちょっとは有名《ゆうめい》になれるかと思《おも》ったのに、それもだめだ。カモノハシがみんなしゃべれるなら、ルフスの発見《はっけん》が新聞《しんぶん》にのることはない。

ルフスのがっかりした顔《かお》を見て、カモノハシは口もとに、ちょっぴり笑《え》みをうかべた。

「ひっかかりましたね! ほんとうは、カモノハシがみんなしゃべれるわけじゃないんです。ぼくは動物園《どうぶつえん》にいるあいだ、人間《にんげん》が話《はな》すのをよく聞《き》いていたから、話《はな》せるようになっただけ。もちろん、オーストラリアへ帰《かえ》ったら、なかまたちにも教《おし》えてあげようと思《おも》ってますけど。

ところで……よろしければ、さっさと家《いえ》へ帰《かえ》りませんか。ぼくは少々《しょうしょう》おなかがすいていますし、もうくたくたで、ゆっくり休みたいのです」

ルフスがあわてて歩《ある》きだすと、カモノハシはつづけて言《い》った。

「あ、ぼくはシドニーといいます。シドニーさんとよばれることもありますが、シドニーでけっこうですよ」

「ぼくは、ルフス。ね、そんなにていねいな話《はな》し方《かた》、しなくていいよ」

「いいえ、カモノハシは、世界《せかい》でもっとも礼儀《れいぎ》をたいせつにする生きものです。ぼくは、なかまの名誉《めいよ》をきずつけたくない。お申《もう》し出《で》はありがたいのですが、この話《はな》し方《かた》は変《か》えません。おことわりします。もちろん、あなたさえよければ、ですが……」

ルフスは「いいよ」と、答《こた》えた。せっかくなかよくなれそうなのに、いやだとは言《い》いたくない。

「シドニーって、いい名まえだね。オーストラリアの町と同《おな》じだ」ルフスはそう言《い》って、二、三歩《ぽ》歩《ある》くと、小さな声《こえ》で、つけくわえた。「パパはいま、その町にいるんだ」

「なるほど。それで?」上着《うわぎ》の中からシドニーがきいた。

「パパに会《あ》いたい」つぶやいたとたん、目からなみだがあふれだした。顔《かお》はとっくに雨でぬれているから、なみだだとはわからないだろうけど。

ルフスは、いっきに話《はな》しだした。

「パパはエンジニアで、いまはシドニーにいる。新《あたら》しい工場《こうじょう》がちゃんと完成《かんせい》するまで、一年間《ねんかん》、そこで見てなくちゃいけないんだ」

「オーストラリアに住《す》んでるなんて、すてきです」シドニーが言《い》った。

「ちっともすてきじゃないよ。ぼくは、パパがいないとさびしい……」ルフスはためいきをついた。

シドニーは、ルフスがかわいそうになってきたのか、心配《しんぱい》そうにたずねた。

「お母《かあ》さんは?」

「ママはいるよ。でも、ママとパパは、ちがうから」

「きょうだいは？」

「お姉《ねえ》ちゃんがひとりいる。ヤニーネっていうんだ。でも、ぼくとは、もうぜんぜんあそんでくれなくなった。ちょっとまえまで、いっしょにふざけてたのに。もうおとなだから、小さい子とはあそびたくないんだってさ。自分《じぶん》だって、まだ十一歳《さい》のくせに」

ルフスは大きくいきをすって、話《はなし》をつづけた。

「モンスターのカードをばかにするんだ。飛行機《ひこうき》のプラモデルも、がらくただって笑《わら》うし、ぼくが集《あつ》めた恐竜《きょうりゅう》フィギュアを見て、はずかしいって言《い》いだした。ぼくのこと、じゃまなガキんちょ、ってよんだりするんだ」

するとシドニーがもぞもぞとルフスの上着《うわぎ》から身《み》を乗《の》りだし、明《あか》るい声《こえ》で言《い》った。

「だいじょうぶですよ」

「なにがだいじょうぶなんだよ！　ぼくの話《はなし》、ちゃんと聞《き》いてた？　パパはいないんだ。一年も会《あ》えなかったら、ぼくの顔《かお》をわすれちゃうかもしれないじゃないか！」

「だからですよ。お父《とう》さんは、いま、オーストラリアにいる」

「そうだよ」

「オーストラリアからやってきたぼくは、帰《かえ》りたいと思《おも》っている。だから？」

「だから……なに？」さっぱりわけがわからない。

「いっしょに行《い》けばいいのです」シドニーは、さらりと言《い》った。

「オーストラリアへ？　きみがぼくをつれてってくれるの？」

シドニーが、こくりとうなずいた。

「いっしょに行《い》ってくれると、たいへんたすかるのですが」

なんだか急《きゅう》におなかがいたくなってきた。

「ぼくが、力になれると思《おも》う？」そんなのむりだと思《おも》うけど。

「なれるかどうかじゃないんだ。あなたしか、いないんです！」

シドニーを新聞社《しんぶんしゃ》につれていこうという考《かんが》えは、とっくにどこかへふっとんでいた。

シドニーは、ぼくをたよりにしてくれている。それなら、がんばってみせなくちゃ。ぼくはまだ子どもだけど、きっと力になれる。いっしょに世界《せかい》の果《は》てまでだって行《い》けるはずだ。

3　好物《こうぶつ》はピーナツバター

ルフスの家《いえ》が見えてきた。

ママは、シドニーを飼《か》っていい、とはぜったいに言《い》わないだろう。

「そんな、ばい菌《きん》だらけのものを、家《いえ》に持《も》ちこまないでちょうだい！」って言《い》うに決《き》まってる。

「ね、シドニー、きみは、このバッグの中にかくれたほうがいいと思《おも》うんだ」

「いっしょにいるのは、はずかしいですか？」

「そうじゃないよ。ただ、ママが……」

「ママがなんですか？」

「ママは、その……すぐに心配《しんぱい》して、いろいろうるさいんだ。だから、ママに見つからないように、こっそりぼくの部屋《へや》までつれていくよ」

「そうしたら、食《た》べものをもらえますか？」

ルフスは、カモノハシがどんなものを食《た》べるのか、まったく知《し》らないことに気づいた。たしか水の中にいるんだっけ。それなら、水の中のものを食《た》べるんだろうな。

「オタマジャクシがいい？　それとも、ウキクサがいいかな」

ルフスがきくと、シドニーはオエッと言《い》って、ぶるぶると首《くび》を横《よこ》にふった。

「そっか。ぼくもそんなものは食《た》べたくないや。じゃあ、なにがすきなの？」

「いちばんの好物《こうぶつ》は、ピーナツバター！　焼《や》きたての白パンにぬってあれば、言《い》うことなしです。日曜日《にちようび》は、カモノハシにとってとくべつな日で、毎週《まいしゅう》、ピーナツバターの上に、さらにチョコクリームかイチゴジャムをのせます」

「なあんだ、ぼくと同《おな》じだね」

げんかんのまえにつくと、ルフスはシドニーをバッグに入れて、用心《ようじん》のために上からタオルをかぶせ、ファスナーをしめた。そして、「いまからぜったいに声《こえ》を出さないでね」と言《い》って、ベルをおした。

ドアをあけたママが、おどろいた顔《かお》で言《い》った。

「どうしたの、ルフス！　びしょぬれじゃないの！」

ルフスは、うなずいた。

ママはルフスのうしろに目をやって、「ヤニーネは？」と、きいた。サッカーの試合《しあい》がおわる時間《じかん》に、ヤニーネがルフスをむかえにくることになっていたからだ。

「知《し》らない」ルフスは小声《こごえ》で答《こた》えて、さっと家《いえ》の中へ入った。はやく自分《じぶん》の部屋《へや》へ行《い》こう。シドニーを安全《あんぜん》なところへつれていかなくちゃ。

ところが、ママはルフスの肩《かた》に手をおいて、引《ひ》きとめた。

「知《し》らないって、どういうこと？」

「むかえにこなかったよ」

「じゃあ、ひとりで歩《ある》いて帰《かえ》ってきたの？」ママはしゃがんで、ルフスの顔《かお》を見つめている。

「うん」

「そんなこと、二度《ど》としちゃだめ。わかった？　やくそくしてちょうだい。外《そと》にはあぶないものがたくさんあるの。とくに、こんなあらしのときはね」

ルフスは、だまってうなずいた。もうわかったから、さっさと自分《じぶん》の部屋《へや》へ行《い》きたいのに。

「まって、いま頭《あたま》をふいてあげるから……」

ママはあたりを見まわして、タオルをさがしている。でも、げんかんには見あたらない。

「もういいから」と言《い》おうとしたとき、ママがルフスの手から、さっとバッグをとりあげた。ルフスは、いきがとまりそうになった。

シドニーが見つかっちゃう！　きっとママは、悲鳴《ひめい》をあげる。まえにリビングでコウモリを見つけたときみたいに。それから、シドニーを外《そと》へほうりなげるかも。びっくりして、ふみつけるかもしれないし、それか……。

ママがバッグをあけた。ルフスは、あわてて話《はな》しかけた。

「マ、ママ！」

「なあに？」

「ぼく、今日《きょう》の試合《しあい》で、シュートを決《き》めたんだ」

ママはなかなかこっちを見てくれない。とうとう、タオルを手にとった！　それから、やっと顔《かお》をあげて、にっこりすると、ルフスのほうを見た。

「すごいじゃない！」ママはルフスの髪《かみ》をふきながら、ほっぺたにキスをした。

「ママもうれしい。きっとパパも、たいしたもんだって言《い》うわよ。今晩《こんばん》もパパにメールするから、あなたのシュートのことも書《か》くわね」

ルフスは、横目《よこめ》でちらっとバッグを見た。シドニーの頭《あたま》が動《うご》いている。おもしろがって、外《そと》へ出てこようとしてるんだ。

「だめ！」ルフスは思《おも》わずさけんだ。

「あら、どうして？　ママ、シュートを決《き》めたなんて、すごいなと思《おも》って……」

「ち、ちがうんだ、そうじゃなくて……」ルフスはだまってしまった。なにも思《おも》いつかない。うそをつくのはにがてだ。いつもしっぱいする。

そのとき、げんかんのドアがあいて、ヤニーネが帰《かえ》ってきた。たすかった……。ヤニーネは、髪《かみ》の毛《け》も上着《うわぎ》も、ぜんぜんぬれていない。あらしなんか、なかったみたいに。

ヤニーネはルフスを見て、ママを見て、それから床《ゆか》の上のバッグを見た。

「キャッ！　それ、なに？」ヤニーネがさけんだ。

ルフスは、ママの手からぱっとタオルをとり、すばやくバッグの中におしこん

だ。タオルでおさえつけられたシドニーが「ぐふっ！」と声《こえ》を出した。でも、すがたはタオルにかくれて見えない。

「べつに。なにもないよ」ルフスは言《い》った。

「うそだ、いま、見えたんだもん」

つづけてなにか言《い》おうとするヤニーネを、ママがぴしゃりととめた。

「ヤニーネ！　ルフスをむかえにいってちょうだいって、

たのんだでしょ。わすれてたの？」

「だって、雨がふってきちゃったし、サッカー場《じょう》はちょっと遠《とお》いし……」ヤニーネは不満《ふまん》そうだ。

ママが立ちあがった。こわい顔《かお》をしている。

「ちょっと来《き》なさい、ヤニーネ。話《はなし》があるわ」

ルフスはこのチャンスをのがさず、さっとバッグを持《も》って、階段《かいだん》をかけあがった。

部屋《へや》に入ると、シドニーが大きな声《こえ》で言《い》った。

「おお、これはすばらしい！　明《あか》るくて、せいけつで、きちんとかたづいていて、まるでオーストラリアの原生林《げんせいりん》だ」

わけがわからない。原生林《げんせいりん》は、暗《くら》くて、きたなくて、ごちゃごちゃしているはずなのに、とルフスは思《おも》った。「きちんとかたづいている」のは、原生林《げんせいりん》じゃなくて、公園《こうえん》だ。

「しーっ！　ママに聞《き》こえちゃう。お姉《ねえ》ちゃんに見つかるのは、もっとだめだからね」

ルフスはシドニーをベッドにおいて、となりにすわった。なんとか部屋《へや》までつれてこられたけど、まだまだ安心《あんしん》はできない。

「見つからないように、作戦《さくせん》を立てなくちゃ。ママやお姉《ねえ》ちゃんがきみを見たら、すぐにすてなさいって言《い》うと思《おも》う。動物園《どうぶつえん》に返《かえ》しにいこうとするかも」

「作戦《さくせん》を立てるのは、さんせいです。とてもだいじなことのようですし。ただ、あいにく、ぼくはとくいではありません。カモノハシは、作戦《さくせん》なんて立てませんから。それで、ひとつ提案《ていあん》です。まずは、ぼくに食《た》べものを持《も》ってきてくれませんか。作戦《さくせん》は、そのあと考《かんが》えることにして……」

でも、ルフスはシドニーのおねがいを、まったく聞《き》いていなかった。作戦《さくせん》のことで、もう頭《あたま》がいっぱいだったからだ。

4　作戦《さくせん》を立てなくちゃ

ずっとだまったままのルフスに、シドニーが、おそるおそる話《はな》しかけてきた。
「すてきな詩《し》は、いかがです？　お聞《き》かせしましょうか？」
返事《へんじ》をしないでいたので、シドニーは、かってにはじめることにしたらしい。
「ぼくの生まれ育《そだ》った場所《ばしょ》をうたった詩《し》です。大自然《だいしぜん》と、生きものの王たるカモノハシをたたえたもので、はじまりはこんなふうです。

　ぼくらの森と湖《みずうみ》に　ないものはない
　ただ　雪《ゆき》だけはない

生きものは　みな　すばらしい
ただ　カモノハシには　かなわない
できないことは　ひとつもない
歌《うた》って　おどって　おどけて見せる
びゅんびゅん走《はし》って　すいすい泳《およ》ぐ
スタイルばつぐん　つぶらなひとみ
毛皮《けがわ》はつやつや　クマよりみごと
だから　ときどき　ねたまれて……」

「死《し》んだふりだ！」とつぜん、ルフスがさけんだ。

「し、死《し》んだふり？」

「見つからない方法《ほうほう》、ぼくらの作戦《さくせん》だよ！」ルフスはじれったくなって、両手《りょうて》をばたばたさせながら説明《せつめい》した。「ほら、あれあれ、まえにテレビで見たんだ。敵《てき》にやられそうになったとき、死《し》んだふりをする動物《どうぶつ》がいるだろ？」

ルフスはそこまで言《い》って、急《きゅう》にだまり、シドニーをじいっと見つめると、にっこり笑《わら》った。

「ぬいぐるみみたいだ……」

シドニーはぴょんととびあがり、水かきのついた前足《まえあし》をこしにあてて、ルフスをにらみつけた。

「いまのは聞《き》きずてなりません！　ぬいぐるみ？　しつれいな！」

「みたいだって言《い》ったんだよ。もちろん、きみは生きてる。けど、もし、死《し》んだふりをしたら、ぜったいぬいぐるみに見えると思《おも》うんだ」

「見えたら、ぼくがよろこぶとでも？」シドニーは、ぷんぷんおこっている。

「ううん、ぬいぐるみなら、ぼくが持《も》っていても、だれも気にしないってこと」

それを聞《き》いたシドニーは、ちょっと考《かんが》えてから、おずおずとたずねた。

「つまり……ぼくがこのすてきな部屋《へや》にいられるということですか？　食《た》べもの

ももらえる?」

「そういうこと」

「なるほど……。で、どうすればいいんでしょう?」

そこで、さっそく、シドニーがぬいぐるみになるための練習《れんしゅう》がはじまった。

「まず、おなかを上にして、ねころがってみて。体《からだ》の力をぬいて、目もとじて」

シドニーは、言《い》われたとおりにやって見せた。でも、ルフスは気に入らなかった。

「うーん。やっぱり、目はあいたままのほうがいいかな」

「あいたまま? それは、たいへんすぎます。それに、目になにかとびこんできたら、どうするんです?」シドニーは、気がすすまないらしい。

それでもルフスは、「じゃあ、とじてていいよ」とは言《い》わなかった。いいかげんなのはすきじゃない。やる以上《いじょう》は、ちゃんとやらなくちゃ。ほんもののぬいぐるみなら、目はあいている。

「できません」、「いや、だめ」、としばらく言《い》い合《あ》ったあと、とうとうシドニーは、ぱっちりと目をあけたまま、足を広《ひろ》げて、うつぶせになった。すっかり力がぬけていて、いきの音も聞《き》こえない。

「すごいすごい！　どう見てもぬいぐるみだよ」

死《し》んでいるみたい、とも言《い》えるけど……。

何度《なんど》か練習《れんしゅう》するうちに、ルフスが「ぬいぐるみ！」とひとこと言《い》うだけで、シドニーはぺたっとうつぶせにねて、ひとことも言《い》わない、というのができるようになった。もちろん目はあいている。

「いいぞ、かんぺきだ」

ちょうどそのとき、部屋《へや》のドアがあいて、ヤニーネが入ってきた。

「そのままだよ」ルフスがささやいた。シドニーはぴくりとも動《うご》かない。

ヤニーネが言《い》った。

「ママに、あやまってきなさいって言《い》われたから」

「もういいよ」ルフスはうしろに手をまわして、せなかのクッションをシドニーにかぶせた。

「よくないわよ。おかげで、明日《あした》リーザのうちに行《い》けなくなっちゃったんだから！」

「それは、ざんねんだったね」ルフスはそう言《い》ってから、あわてて「ごめんなさい」とつけくわえた。どうしてあやまらなくちゃいけないのか、さっぱりわからないけど、お姉《ねえ》ちゃんがこういう目をしているときは、あやまったほうが安全《あんぜん》だ。なんでもいいから、はやく出ていってほしい。

「わかってるならいいの」ヤニーネはやさしく言《い》うと、ちょっとだまって、また口をひらいた。「ところで、さっき、バッグになにをかくしてたの？　言《い》いなさいよ」

「べつに、なにも」

「ふうん。じゃあ、いま、うしろにかくしているものは、なあに？」

ヤニーネがさっと近《ちか》づいてきて、クッションの下からシドニーをひっぱりだした。

「えっ、なにこれ？」ヤニーネがシドニーを見つめた。と、たちまち青くなり、「ギャー！」とさけんで、シドニーを思《おも》いきりベッドにほうりなげた。

「気持《きも》ちわるっ！　ゴミの中からひろってきたの？」ヤニーネは、シドニーにさわった手をズボンでごしごしふいている。

ルフスはあわててシドニーをだきあげた。よかった、心臓《しんぞう》はちゃんと動《うご》いている。こんなにはげしく打《う》っているのは、はじめてかもしれないけど。

「もう！　ばい菌《きん》だらけのものに、さわっちゃったじゃない！　わるい病気《びょうき》にかかったら、どうしてくれるの？」

「これは、カモノハシだよ」ルフスが言《い》うと、首《くび》にもたれているシドニーがそっとささやいた。

「二度《ど》とぼくの上に、ものをのせないでくださいね。それにしても、気持《きも》ちわるいだなんて、ひどすぎます……」

新《あたら》しい友《とも》だちのためにも、ちゃんとお姉《ねえ》ちゃんに言《い》いかえさないと。でも、ヤニーネのキイキイ声《ごえ》はとまらない。

「やだ、ルフスったら、まださわってる！　ママに言《い》いつけようっと。そんなもの、ママが見たら、すぐにゴミ箱《ばこ》にポイよ」

「やめろ！　ママに言《い》いつけたりしたら……」ルフスは言《い》いかけて、だまった。その先が思《おも》いつかない。

「言《い》いつけたら、なによ。どうするわけ？」

お姉《ねえ》ちゃんって、いじわるだな。こういうとき、ぼくがなにも思《おも》いつかないことを知《し》ってるんだ。

でも、今回《こんかい》はちがった。ルフスのうでの中には、シドニーがいる。シドニーはルフスの耳にくちばしをぴたりとつけて言《い》った。

「ぼくの言《い》うとおりに、しゃべってください」よく聞《き》きとれないくらい小さな声《こえ》だ。ルフスはけんめいに耳をすまし、シドニーが言《い》うことばをくりかえした。

「……ママに言《い》いつけたりしたら、今晩《こんばん》、いちばんくさいゴミをひろってきて、お姉《ねえ》ちゃんの毛布《もうふ》の中に入れてやる」

おどろいたヤニーネが、なにも言《い》えずに口をぱくぱくさせている。どうなってるの？　ルフスはこれまで一度《いちど》もあたしをおどしたことなんかないのに、と思《おも》ってるみたいだ。

「そ、そんなこと、できっこないわ」

「つぎは、こう言《い》って……」と、またシドニーのささやきが聞《き》こえた。

ルフスはさらに、聞《き》きとったとおりのことを、ヤニーネにむかってさけんだ。

「それに、カエルもとってきて、ベッドに入れてやる。オタマジャクシもウキクサも、ぜーんぶいっしょに！」

わっ、お姉《ねえ》ちゃんにこんなこと言《い》っちゃった！　信《しん》じられない。

ヤニーネも信《しん》じられないという顔《かお》で、そのままくるりとうしろをむくと、さっさと部屋《へや》を出ていった。

「まずいよ。ママにぜんぶしゃべる気だ」

「いいえ、お姉《ねえ》さんはそんなことはしません。ぼくを信《しん》じて。なにしろ、ぼくには姉《あね》や妹《いもうと》が二十七ひきもいますからね。つきあい方《かた》は心得《こころえ》ています」

シドニーは正しかった。晩《ばん》ごはんで顔《かお》を合《あ》わせても、ママも、ヤニーネも、シドニーのことはひとことも言《い》わなかった。ときどき、ママが見ていないとき、ヤニーネがにらみつけてきたけれど、ルフスにはどうでもよかった。もっと気になることがあったから。ごはんのまえに、シドニーに言《い》われていたのだ。

「いいかげんになにか食《た》べないと、おなかがすいて、ぼく、死《し》んでしまいます」

腹《はら》ぺこの友《とも》だちに、なんとかして食《た》べものを持《も》っていかなくちゃ。

ルフスはごはんのあと、テーブルのお皿《さら》をキッチンに運《はこ》ぶ手伝《てつだ》いをしながら、こっそりママの様子《ようす》をうかがった。そして、ママが食器《しょっき》洗《あら》い機《き》のスイッチを入れようとかがんだすきに、戸棚《とだな》からピーナツバターのびんをとって、さっとシャツの下にかくした。それから、急《いそ》いで「おやすみなさい！」と言《い》うと、いっきに階《かい》段《だん》をかけあがり、自分《じぶん》の部屋《へや》にとびこんだ。

ルフスはベッドに横《よこ》になり、シドニーの様子《ようす》をながめていた。シドニーはまくらの上にぺたっとすわって、ピーナツバターのびんをかかえ、スプーンですくっては、なめている。

「パンもあればさいこうなんですが、やむをえないときは、これでじゅうぶん……」

ルフスは、目をあけていようとひっしでがんばっていた。このあとは、オーストラリアの話《はなし》を聞《き》かせてもらうやくそくだ。でも、まぶたがどんどん重《おも》くなってくる。今日《きょう》はほんと

うにいろんなことがあって、ルフスはすっかりくたびれていた。

「まだあ？」

「ピーナツバターは、急《いそ》いで食《た》べてはいけません。味《あじ》わうにも長年《ながねん》の修行《しゅぎょう》が必《ひつ》要《よう》です。ただすくって、口に入れて、すぐに飲《の》みこむのではなく、ほんのちょっぴり舌《した》にのせて、とけるのをまつ。そうしてはじめて、すばらしい香《かお》りもたのしめるわけです」

シドニーはまた、ほんの豆《まめ》つぶほどのピーナツバターを舌《した》にのせ、目をつむり、ふーっと満足《まんぞく》そうにいきをはいた。

やがて、ひとびんをぺろりとたいらげたシドニーは、ベッドからおりて、ルフスのほうにむきなおった。

「それでは、オーストラリアのお話《はなし》を……」

シドニーがはりきって話《はな》しはじめたときには、ルフスはもうぐっすり眠《ねむ》っていた。

5　パパが見えるかも！

土曜日《どようび》の朝《あさ》、ごはんを食《た》べていると、ママが言《い》った。

「今日《きょう》はみんなでお買《か》いものに行《い》きましょう」

「やったあ！」とびあがってよろこぶルフスを、横目《よこめ》で見ながらヤニーネが言《い》った。

「買《か》うのは、あたしのバレエのものなんだけど」

「ヤニーネがね、どうしても必要《ひつよう》なものがあるの。わたしがいっしょに行《い》ってあげられるのは、週末《しゅうまつ》くらいだから……」

ルフスはバレエ用品《ようひん》の店《みせ》には行《い》ったことがない。でも、行《い》ってみたいとも思《おも》わ

ない。

パパがいたら、週末《しゅうまつ》は、日曜大工《にちようだいく》の道具《どうぐ》を買《か》いにいくか、映画《えいが》を見てハンバーガーを食《た》べるか、本屋《ほんや》さんへ行《い》くか、できるのに。でも、パパはいない。

「ぼく、ちょっと気持《きも》ちわるいや。もう一回《かい》ねようかな……」ルフスは元気《げんき》のない声《こえ》で言《い》うと、おなかをさすって見せた。

「それじゃ、ママたちも出かけないで家《いえ》にいるわ」ママは言《い》った。

「えーっ！　どうしても今日《きょう》買《か》いたいものがあるのに」ヤニーネは不満《ふまん》そうだ。

「ぼくならひとりでへいきだよ。ベッドで新《あたら》しい本でも読《よ》んでるから」

「ほんとうにだいじょうぶなの？」と、ママ。

「ルフスはだいじょうぶよ、ママ。はやく出かけようよ」と、ヤニーネ。

もちろん、ぼくはだいじょうぶ。だって、ひとりじゃないもの。

まもなく、ママとヤニーネは、ルフスをおいて買《か》いものに出かけていった。

げんかんのドアがしまったとたん、ルフスは階段《かいだん》をかけあがり、自分《じぶん》の部屋《へや》に入ると、いすにあがって、本棚《ほんだな》の上からシドニーをおろしてやった。カモノハシは見晴《みは》らしのよいところがすきだとシドニーが言《い》うので、本棚《ほんだな》のいちばん上の段《だん》に箱《はこ》を置《お》いて、ベッドにしてあげたのだ。そこならだれにも見つからないし、ながめもわるくない。

ルフスは、このまえ買《か》ってもらったばかりの『これだけは知《し》っておこう』という本を手に、ベッドにねころがった。地球《ちきゅう》や宇宙《うちゅう》のことがいろいろ書《か》いてある本だ。

そうだ、シドニーに宇宙《うちゅう》のことを教《おし》えてあげよう。

ルフスがページをぱらぱらとめくっていると、シドニーは世界地図《せかいちず》のほうが気に入ったらしく、ルフスに質問《しつもん》をはじめた。

「いまいるのは、この地図《ちず》のどのあたりですか？」

ルフスはドイツを指《ゆび》さした。

「では、オーストラリアは？」

それは、パパが何度《なんど》も教《おし》えてくれたから、よく知《し》っている。ルフスは、海《うみ》にかこまれた黄色《きいろ》い大きな島《しま》を、さっと指《ゆび》さした。

「それほど遠《とお》くありませんね」

シドニーは、まず左の前足《まえあし》をドイツの上において、となりに右の前足《まえあし》をならべた。それから、左足を右足の反対《はんたい》どなりにうつし、同《おな》じようにしてぺたぺたと三回《かい》くりかえした。

「オーストラリアまでは、たったの六歩《ぽ》、つまり三ぺたぺたです。そのまどから見えてもおかしくない距離《きょり》です」

「それは、地図《ちず》だからだよ。ほんもののオーストラリアまでは、何千《なんぜん》キロもあるんだ」

ルフスが言《い》っても、シドニーはつづけた。

「天気がよければ、はるか遠《とお》くまで見えるものです。オーストラリアには、『ウルル』という、世界《せかい》で二番《ばん》めに大きい一枚岩《まいいわ》があります。そこへのぼると、雲《くも》ひ

とつない晴《は》れた日には、国《くに》じゅうが見わたせるんですよ。ぼくも、この目で何度《なんど》も見ました」

ルフスは、家族《かぞく》でミュンヘンへ旅行《りょこう》したときのことを思《おも》いだした。たしかパパが「晴《は》れた日は、ここからアルプス山脈《さんみゃく》が見えるんだぞ。ずいぶんと、はなれてるけどな」と言《い》っていた。そのときはひどく雪《ゆき》がふっていて、むかいの家《いえ》しか見えなかったけれど。

ルフスとシドニーは立ちあがって、まどべに行《い》ってみた。シドニーがもう一度地図《いちどちず》を見ながら言《い》った。

「オーストラリアは、だいたいあっちですね」

その「だいたいあっち」には、大きなシラカバの木が見えるだけだ。

「木がじゃまをしています」

「オーストラリアは見えそうもないね」ルフスはためいきをついて、ベッドにもどった。

「あきらめるんですか？」

「だって。どうしろって言《い》うの？」

シドニーは少《すこ》し考《かんが》えてから、ぱっと顔《かお》をかがやかせた。

「あの木にのぼりましょう！　木のてっぺんは、このまどよりずっと高《たか》い。きっとオーストラリアが見えます」

「でも、木のぼりはしちゃいけないって言《い》われてるんだ。あぶないから」

「あぶない？　いやいや、ぼくがついてます。おまかせください。カモノハシは木のぼり名人ですよ」

「コアラみたいに？」

「コアラが名人とは、ちゃんちゃらおかしな話《はなし》だ。そもそも、コアラに木のぼりを教《おし》えたのはカモノハシです。ここだけの話《はなし》、とっておきのコツだけは、やつらにも教《おし》えていません」

ルフスはずっとまえから木のぼりをしてみたいと思《おも》っていた。でも、ママはぜったいゆるしてくれない。ママがだめだと言《い》うことは、いつだってしないほうがいいに決《き》まってる。

「お母《かあ》さんには、ぜったいわかりませんから」シドニーは、ルフスがなにを考《かんが》えているのかわかったらしい。「ささーっとのぼって、オーストラリアを見たらさささーっとおりて、お母《かあ》さんたちが帰《かえ》ってくるまえにベッドに入っていれば、だいじょうぶですよ」

「そっか！」そうだ、あぶないことなんか、あるわけない。ほかの子たちはしょっちゅう、いろんな木にのぼってるじゃないか。

さっそく、シドニーをかかえて部屋《へや》を出ようとすると、シドニーが「ちょっとまった！」と、さけんだ。

「どうかしたの？」

「こういう大がかりな探検《たんけん》に出るときは、しっかりとした備《そな》えが必要《ひつよう》です」

「備《そな》えって？」

「まずだいじなのが、地図《ちず》です。その本を持《も》っていきましょう。ねんのために方《ほう》位磁石《いじしゃく》も。木の上で方角《ほうがく》がわからなくなったときのために。それと、食料《しょくりょう》もわすれないで！」

ルフスは、言《い》われたものをリュックにつめた。『これだけは知《し》っておこう』と方位磁石《ほういじしゃく》、アップルジュース二本に、ピーナツバターをぬったパンをふた切《き》れ。

よし、行《い》くぞ！

6　木にのぼろう！

はりきって木の下へやってきたものの、リュックをしょって、かた手でシドニーをかかえたまま木にのぼるのは、かなりむずかしそうだと思《おも》った。おまけに、ルフスにとっては、生まれてはじめての木のぼりだ。

でも、シドニーがひとつひとつ教《おし》えてくれた。つぎはどの枝《えだ》に足をかけたらいいか、乗《の》っても折《お》れない枝《えだ》はどれか。ルフスが足をすべらせるたびに、やさしくはげましてもくれる。

「心配《しんぱい》しないで。カモノハシは幸運《こううん》をもたらすといわれています。ぼくがいっしょなら、わるいことは、おこりません」

ちょうど半分《はんぶん》ほどの高《たか》さまでのぼったとき、急《きゅう》に強《つよ》い風《かぜ》がふいてきて、木がゆさゆさと大きくゆれた。

「もう、だめだ。やっぱりむりだよ」

くじけそうなルフスに、シドニーは、これくらいはゆれているうちに入らないと言《い》った。

「オーストラリアで木にのぼったときは、もっとずっとたいへんでした。木のてっぺんが地面《じめん》につくかと思《おも》うくらいゆれて。それでも、カモノハシは、だれもこわがってなかったな。たぶん、コアラだったら、一ぴきのこらず落《お》ちてましたね」

ルフスはなんとかのぼりつづけ、ようやくてっぺんに近《ちか》いところまでたどりついた。その先は枝《えだ》が細《ほそ》くて、これ以上《いじょう》のぼるのは危険《きけん》だ。シドニーも同《おな》じ意見《いけん》だった。

「ぼくを肩《かた》に乗《の》せてもらえませんか。もっと遠《とお》くまで見たいので」

ルフスは言《い》われたとおり、シドニーを肩《かた》の上におしあげてやった。

「どう？　なにが見える？」

「うーん、オーストラリアはどっちかな？　ちょっと、わからなくなりました。地面《じめん》の上にいるときとは感《かん》じがちがうので……」

「地図《ちず》と磁石《じしゃく》の出番《でばん》だね」ルフスが言《い》った。

「やはり、きちんと備《そな》えておいてよかったでしょう？　さあ、リュックから出してください」

ルフスが本を出そうとして体《からだ》をひねると、乗《の》っている枝《えだ》がゆらゆらとゆれた。てっぺんに近《ちか》いからか、さっきまでとはゆれ方《かた》がちがう。

「なんだか、気持《きも》ちわるくなってきちゃった……」ルフスは幹《みき》にしがみついた。シドニーも、まっ青《さお》になっている。

「もう、おりよう」ルフスが言《い》った。

「まだオーストラリアを見ていないのに？」

「もういいよ、はやくおりたいよう」

「わかりました。おりましょう」シドニーの顔《かお》は緑色《みどりいろ》だ。

「おりるときは、どうすればいいの？」と、ルフス。

「なかなかいい質問《しつもん》です。よく考《かんが》えなければいけません」

なにを言《い》ってるんだろう？　ひょっとして……。

「おり方《かた》は知《し》らない、とか？」

返事《へんじ》がない。ルフスは泣《な》きたくなった。木にしがみつく手に、ぐっと力が入る。

「落《お》ち着《つ》いてください。コアラにもできるんだ。むずかしいはずはありません」

「だから、どうすればいいの？」

「きっと、本に書《か》いてあります。はやく本をとりだしてください」

かんたんに言《い》うけど、右手で木の幹《みき》につかまって、左手でシドニーをかかえてるのに、どうやってせなかのリュックから本を出したらいいの？

ルフスはまず、右の肩《かた》ひもをはずそうと思《おも》い、少《すこ》しずつ右の肩《かた》をゆすって、ひもから手をぬいた。うまくいった！　つぎは左。右手でしっかり木につかまって、左の肩《かた》をゆする……あっ！

リュックが落《お》ちていく。ガサガサと小枝《こえだ》をゆらし、葉《は》っぱをまきちらして。まもなく、はるか下のほうでバサッという音がし、だれかの声《こえ》が聞《き》こえてきた。

「いまのはなに？　木の上にだれかいるの？　……ルフス？」

「気づかれました！」シドニーがささやいた。

「ママが帰《かえ》ってきちゃった」ルフスもひそひそ声《ごえ》で言《い》った。

「ぼくは死《し》んだふりをします」

「ルフス！　そんなところでなにしてるの？」ママがさけんでいる。ルフスは大きな声《こえ》で答《こた》えた。

「オーストラリアをさがしてるんだ！」

「ばかみたい。見えるわけないじゃない」ヤニーネの声《こえ》だ。

「もうちょっとで、見えそうなんだ」

「どうしようもない、おばかさんね」またヤニーネだ。ルフスが言《い》いかえそうとしたとき、また、ママの声《こえ》が聞《き》こえた。

「ルフス！　さっさとおりてきなさい！」

ここで、もし「おりられなくなった」なんて言《い》ったら、ヤニーネはますますばかにするだろう。それも、「ばか」や「まぬけ」じゃなく、ルフスがもっと言《い》われたくないひどいことばで。

「まだおりたくない！」ルフスは答《こた》えた。シドニーがいい方法《ほうほう》を思《おも》いついてくれますように。でも、シドニーはだまったままだ。

そのとき、また急《きゅう》に風《かぜ》が強《つよ》くなり、木がいちだんと大きくゆれだした。ルフスは思《おも》わず、「わーっ、こわいよう！」と、さけんでしまった。

「ルフス、もういいから、動《うご》かないで！　いま、だれかよんでくるわ。じっとしてるのよ」と、ママ。

言《い》われなくても、じっとしてるよ。動《うご》けないんだから。

何分《なんぷん》たっただろう。木ははげしくゆれつづけている。ルフスは右のうでで木の幹《みき》にしがみつき、左のうででシドニーをぎゅっとだきよせて、風《かぜ》が当《あ》たらないように守《まも》ってあげた。すると、シドニーがくるしそうにあえぎながら言《い》った。

「も、もう少《すこ》し、手を、ゆるめてもらえますか？　これでは、死《し》んだふりが、できません……」

「ごめん。でも、ぼく、こわくて……」

と、カサカサと葉《は》っぱの音がして、目のまえの幹《みき》にアルミのはしごが立てかけられた。

「もうだいじょうぶです！　たすけが来《き》ましたよ」シドニーは早口で言《い》うと、すぐにまた全身《ぜんしん》の力をぬいた。練習《れんしゅう》したとおり、かんぺきなぬいぐるみだ。

すぐに葉《は》っぱのあいだから、おとなりの家《いえ》のおじさん、ベルガーさんの顔《かお》があらわれた。ベルガーさんに会《あ》えてこんなにうれしいと思《おも》ったのは、はじめてだ。

「ぼうず、もうだいじょうぶだぞ」ベルガーさんはルフスの手をにぎり、はしご

にしっかりと足をかけさせると、もうかたほうの手でシドニーを上着《うわぎ》の中におしこんでくれた。

ルフスはベルガーさんのうでにだきかかえられるようにして、ゆっくりと一段《だん》ずつはしごをおりた。

下でまちかまえていたママが、ベルガーさんにお礼《れい》を言《い》ったあと、こわい顔《かお》でルフスをにらんだ。

「ルフス！　木のぼりはだめだって、あれほど言《い》ったでしょ！」

ルフスはごくりとつばを飲《の》んだ。急《きゅう》に歯《は》がガタガタいいだし、じわっとなみだがあふれてきた。

「パパが見えるかなと思《おも》って……」

「ほんとに、ばっかみたい！」ヤニーネはあきれた顔《かお》で、ひとりさっさと家《いえ》の中へ入っていってしまった。

でも、ママの顔《かお》は、もうおこっていない。ママは地面《じめん》にひざをつき、ルフスをだきしめると、小さな声《こえ》で言《い》った。

「ママだってパパに会《あ》いたいわ……」それから、またちょっときびしい顔《かお》になった。「でも、おねがいだから、もう二度《にど》と木にのぼらないってやくそくして!」

「うん、やくそくする」

ママはルフスの頭《あたま》をなでると、げんかんへ歩《ある》いていった。

肩《かた》をぽんぽんとたたかれ、はっとしてふりむくと、ベルガーさんが立っていた。手にルフスのリュックを持《も》っている。

「ほら、ぼうずのだろ。だいじなものじゃないのか?」

「たすけてくれて、ありがとうございました」

「なあに、礼《れい》にはおよばんさ。さ、あいぼうのカモノハシをリュックに入れてやったらどうだい? 服《ふく》の中じゃ、いきがくるしいだろうよ」ベルガーさんはそう言《い》って、ルフスにウィンクをした。

シドニーがカモノハシだってこと、知《し》ってるんだ! ルフスはうれしくなった。

「シドニーっていうんです。シドニーさんってよばれることもあるけど、シドニーでいいって」

ルフスが胸《むな》もとからひっぱりだしたしゅんかん、シドニーは大きくいきをすいこもうとした。ずっとおしこまれていたことに、もんくを言《い》おうとしたのだろう。でも、くちばしをひらくまえに、ベルガーさんがやさしく声《こえ》をかけた。

「やあ、シドニー！」

シドニーは、さっとぬいぐるみにもどった。

「木の上は、こわかっただろう？」ベルガーさんがルフスにきいた。

「ううん、ちっとも。シドニーがいっしょだったから。木《き》のぼりの名人なんです」

「そうかい。カモノハシもわるくないが、こんど木にのぼるときは、ヤギに教《おそ》わるといいぞ」

ベルガーさんはルフスの肩《かた》をまたぽんとたたいて、自分《じぶん》の家《いえ》の庭《にわ》へもどっていった。

ルフスがシドニーをリュックの中に入れようとすると、シドニーは目をぱちぱちさせながら言《い》った。

「ぼくへのお礼《れい》なら、ピーナツバター少々《しょうしょう》でけっこうですよ」

「お礼《れい》？　なんの？」

「みごとに木からおろしてあげたじゃないですか」

「おろしてくれたのは、ベルガーさんだよ」

「はて、ベルガーさん？　どなたですか？　おろしてあげたのは、ぼくですよ」

ちがう、とルフスが言《い》おうとしたとき、家《いえ》の中からママのよぶ声《こえ》がした。

ルフスはさっさとシドニーをリュックにおしこめて、ファスナーをしめた。げんかんへむかって歩《ある》きだすと、リュックの中でぶつぶつ言《い》う声《こえ》が聞《き》こえてきた。

「ベルガーさんだって？　じょうだんじゃない。たすけたのはぼくだ。ぼくの豊《ゆた》かな正しい知識《ちしき》のおかげで、ふたりともたすかったんだ。なのに、カモノハシにできないことを、人間《にんげん》がやってのけたように言《い》って……。ひどいや。これはぜったい、ピーナツバターがたっぷりもらえるはずだ！　いや、たぶん、なにかはもらえるはずだ……」

そして、リュックの中がしずかになった。

7　さあ、旅《たび》のはじまりだ

火曜日《かようび》、ママはヤニーネをバレエのレッスンに送《おく》っていった。ふたりが出かけてしまうと、シドニーが、このあいだの本がまた見たいと言《い》いだした。

世界地図《せかいちず》を見たシドニーは、すこしこまったような顔《かお》になった。

「あのう……もう一度《いちど》、オーストラリアがどこにあるのか、教《おし》えてくれませんか？」

ルフスはオーストラリアを指《ゆび》さしてあげた。

「そうすると、いまいる場所《ばしょ》からは……？」

「下だね。右下」

「下ですか。なるほど……」シドニーはつぶやき、だまってしまった。頭《あたま》の中でけんめいになにかを考《かんが》えているらしく、しばらくして、ようやく口をひらいた。

「ぼくたちがはじめて会《あ》ったとき、明《あ》かりのついた家《いえ》が道《みち》をとおっていきましたよね？」

明《あ》かりのついた家《いえ》？　なんのことだろう。シドニーを見つけたのは……そうか、バス停《てい》だ。

「バスのことを言《い》ってるの？」

「バス、そうです。バスを手に入れましょう」なぜか、まるでわるいことをたくらんでいるようなひそひそ声《ごえ》だ。

ルフスが、バスはかんたんに手に入るものではないと教《おし》えると、シドニーは少《すこ》しがっかりした顔《かお》になった。

「あ、でも、バスに乗《の》るのはだれでもできるよ。ぜんぜんむずかしくない」ルフスはあわてて言《い》った。

「ぼくたちが乗《の》ると、バスは、行《い》きたいところへ行《い》ってくれるんですね？」

「そうじゃなくて、行《い》きたいところへ行《い》くバスに、乗《の》るんだよ」

バスのことを知《し》らないのかな、とルフスは思《おも》った。たぶん、オーストラリアの原生林《げんせいりん》には、バスが走《はし》っていないからだろう。

「よくできた仕組《しく》みですね。考《かんが》えだしたのは、まちがいなく、カモノハシでしょう。で、右下へ行《い》くバスがどれかは、わかりますか？」

ルフスは、ろうかにある棚《たな》のひきだしから、路線図《ろせんず》を出してきた。バスと路面電車《ろめんでんしゃ》と地下鉄《ちかてつ》の路線《ろせん》が、すべてのっている。右下に、７２８番《ばん》のバスの線《せん》がのびていた。

「では、それに乗《の》りましょう」シドニーが言《い》った。

でも、ルフスは、ほんとうにそれでいいのか、自信《じしん》がなくて、つぶやいた。

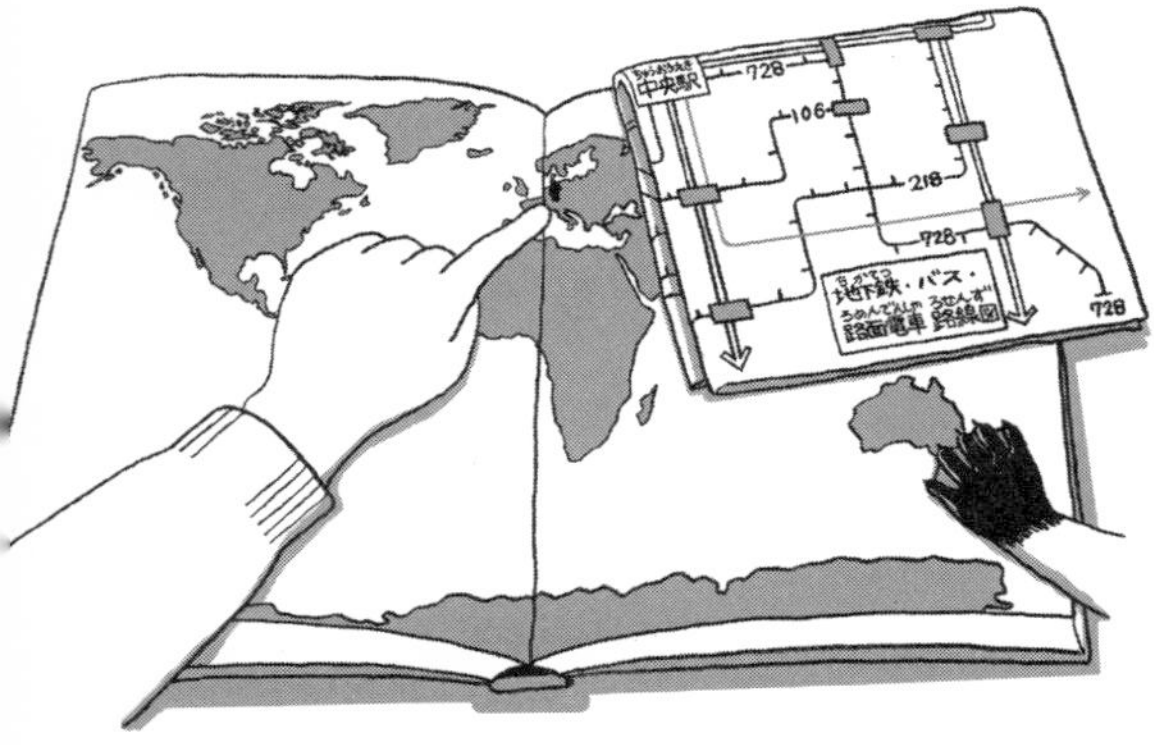

「だけど……オーストラリアって、まわりはぜんぶ海《うみ》だよね」

「おそらく、水色《みずいろ》の絵《え》の具《ぐ》がなくて、この紙《かみ》には海《うみ》の水を描《か》けなかったのでしょう」

「バスは、海《うみ》を走《はし》れないよ」

「そのためにフェリーがあるのです！」シドニーは胸《むね》をはった。

どうしてフェリーのことは知《し》ってるんだろう？

その答《こた》えは、なぞのままになってしまった。ルフスがきくまえに、シドニーが重大《じゅうだい》なことを言《い》いだしたからだ。

「ただちに出発《しゅっぱつ》です。お母《かあ》さんとお姉《ねえ》さんが帰《かえ》ってくるまえに！」

「うーん……」

ぐずぐず考《かんが》えていると、シドニーがルフスのうでに、水かきのある前足《まえあし》をちょこんとのせ、じいっと見つめてきた。

「おねがいですから」

それでも、ルフスは決心《けっしん》がつかずに肩《かた》をすくめた。

「この計画《けいかく》は、あなたがいっしょじゃないとうまくいきません。あなたが必要《ひつよう》なんです」

ルフスは、ぱっと立ちあがり、急《いそ》いでしたくをした。リュックに入れたのは、いつものピーナツバターと、パンとアップルジュース二本、それに、あの『これだけは知《し》っておこう』という本と方位磁石《ほういじしゃく》。ルフスが、バスの運転手《うんてんしゅ》さんが道《みち》を知《し》っているから磁石《じしゃく》はいらないと言《い》っても、なにがあるかわからないからと、シドニーはゆずらなかった。ルフスはねんのために、サングラスも入れておいた。

バス停《てい》にむかっていると、こっちへ走《はし》ってくるバスが見えた。

ルフスたちが急《いそ》いでバス停《てい》につくと、ちょうどバスがとまって、ドアがあいた。バスの横《よこ》に「728」の数字《すうじ》が出ている。でも、急《いそ》いで乗《の》りこんだので、あとの文字は読《よ》めなかった。きっと、オーストラリアと書《か》いてあるにちがいない。

ルフスは運転手《うんてんしゅ》さんに、バス用《よう》のカードとシドニーを見せて、たずねた。

「カモノハシの分《ぶん》も、はらわなくちゃいけませんか？」

「いや、いらないよ」運転手《うんてんしゅ》さんがわらいながらボタンをおすと、ドアがプシューッと音を立てて、しまった。ルフスとシドニーは、いちばんうしろの席《せき》にならんですわった。

いよいよ旅《たび》のはじまりだ！


シドニーは、まどから外《そと》をのぞいたり、うしろをふりかえったりして、なにかをたしかめている。

「どうかしたの？」ルフスがきいた。

「だれかにつけられていないか、見はっているんです。せっかくの計画《けいかく》をじゃまされたくありませんから。そうだ、サングラスをかけたほうがいいですよ。見られても、すぐにだれだかわからないように」

「うん、いい考《かんが》えだね」

ルフスはサングラスをかけると、おしりをずずっとまえにずらして、頭《あたま》を低《ひく》くし、できるだけ外《そと》から見えないようにした。

ふたりを乗《の》せたバスは、夕方《ゆうがた》の混《こ》み合《あ》う町の中をのろのろと走《はし》りつづけている。しょっちゅうとまるし、とくべつおもしろい景色《けしき》もないので、ルフスは本をとりだして、ぱらぱらとページをめくりはじめた。

しばらくすると、とつぜんシドニーがルフスをつついた。びくっとして顔《かお》をあげたものの、車内《しゃない》に変《か》わった様子《ようす》はない。赤信号《あかしんごう》でとまっているだけだ。

すると、シドニーが「パトカーがいます」と、ささやいた。

ほんとうだ。バスの横《よこ》にパトカーがとまっている。まどからのぞいていると、助手席《じょしゅせき》の警官《けいかん》がこっちを見あげたので、ルフスは手をふった。警官《けいかん》もにこにこしながら、かた手をあげてくれた。

「なんてことをするんですか！」シドニーがルフスのひざにのって、おこりだした。「すでにぼくたちの捜索《そうさく》がはじまっているかもしれないのに。町じゅうの警《けい》官《かん》が、追《お》ってきているかもしれないんですよ」

「でも、あのおまわりさんは、やさしそうだったよ」ルフスはちょっぴり、まずかったかなと思《おも》った。

「油断《ゆだん》は禁物《きんもつ》です。これからは、そんな初歩的《しょほてき》なミスはしないでくださいね」

シドニーはそう言《い》うと、しばらく考《かんが》えこんでしまった。そして、なにかひらめいたのか、急《きゅう》に目をかがやかせた。

「座席《ざせき》の下にかくれましょう！」

「えーっ！　やだよ、きたないもん」

「ようやくオーストラリアへ行《い》けるというのに、少《すこ》しばかりのほこりもがまんできないと？」

ルフスは、しぶしぶ座席《ざせき》の下をのぞきこんだ。大きなわたぼこり。かんだあとのガムがふたつ。かじりかけのリンゴ。ビニール袋《ぶくろ》。中は……からっぽだった。まだ水が半分《はんぶん》のこったペットボトルもある。

「やっぱりゴミだらけだよ。ほんとうにかくれないとだめ？」

「脱出《だっしゅつ》とかくれんぼのプロはだれですか？」

「きみがプロなの？」ルフスはきいた。

「なんたってぼくは、なみはずれた行動力《こうどうりょく》で動物園《どうぶつえん》を脱出《だっしゅつ》し、かんぺきにかくれていたんですよ」

「でも、ぼくは見つけたよ」

「それは、あなたがとくべつ優秀《ゆうしゅう》だから」

ルフスはシドニーの言《い》うとおり、座席《ざせき》の下にもぐりこんだ。

外《そと》はどんどん暗《くら》くなっていく。もう、バスに乗《の》ってくる人もいない。

やがてさいごの乗客《じょうきゃく》もおりてしまい、バスはそのあと二回停車《かいていしゃ》し、プシューッとドアがひらいて、またしまった。運転手《うんてんしゅ》さんは、口笛《くちぶえ》をふいている。

まもなく、でこぼこ道《みち》に入り、バスはがたがたとゆれて、とまった。車内《しゃない》の明《あ》かりが消《き》えて、運転手《うんてんしゅ》さんもおりていった。

「ここ、どこだろう？」

「心配《しんぱい》いりません。おそらくフェリーの上でしょう」

ふたりはわくわくしながら、フェリーが出港《しゅっこう》するのをまった。

なかなか動《うご》かない。

ルフスとシドニーは、じっとまちつづけた。

8　これってフェリー？

バスの中は、まっ暗《くら》だ。ルフスは、座席《ざせき》の下にいるのが、だんだんつらくなってきた。左足はしびれているし、トイレにも行《い》きたい。

「ねえ、フェリーの中って、自由《じゆう》に歩《ある》きまわってもいいんだよね？」

シドニーの返事《へんじ》がない。眠《ねむ》ってしまったのかな？　ルフスは座席《ざせき》の下から出て、まどの外《そと》をのぞいてみた。

まっ暗《くら》でなにも見えない。それでも、じいっと目をこらしていると、バスが何《なん》台《だい》もならんでいるのがわかった。きっと大きなフェリーなんだ。まえに家族《かぞく》でイタリアのサルディーニャ島《とう》へ行《い》ったときに乗《の》ったものより、ずっと大きいやつ。

いま、気になることはふたつ。ひとつは、どこにもトイレが見あたらないこと。もうひとつは、フェリーがちっとも動《うご》いていない気がすること。サルディーニャ島行《とうい》きのフェリーは、はげしくゆれた。ヤニーネが何度《なんど》もトイレへかけこんで、ゲエゲエはいていたくらいだ。

ルフスはシドニーをだきかかえると、外から見えないように、かがんだままドアのところまで行《い》ってみた。でも、ドアには取《と》っ手《て》がついていないし、あけるためのボタンも見あたらない。

「とじこめられちゃった！」と、ルフス。

「運転席《うんてんせき》にもドアがありますよ」

とつぜん、耳《みみ》もとで声《こえ》がしたので、ルフスはおどろいてシドニーを落《お》としそうになった。

「眠《ねむ》ってるのかと思《おも》ってたよ」

「考《かんが》えていたのです。見た目はほとんど同《おな》じですが」

運転席《うんてんせき》にのぼると、シドニーが言《い》うとおり、ドアがあって、取《と》っ手《て》もついている。ルフスはドアをあけ、シドニーをだいたまま、しずかにステップをおりて、バスの外《そと》に出た。

「やっぱり、ぜんぜんゆれてない」

「それはなによりです。ゆれは、にがてでしたよね？」シドニーは、木にのぼったときのことを思《おも》いだしたにちがいない。

「ぼくが言《い》ってるのは、船《ふね》が動《うご》いてないってこと」

するとシドニーは、はっと目を見ひらき、ルフスのうでからとびおりると、大あわてで走《はし》りだした。

「救命《きゅうめい》ボートはどこだ！　みんな急《いそ》げ！　カモノハシと子どもたちが先だ！」

大声《おおごえ》でさけんで、きょろきょろとあたりを見まわしている。ルフスも急《いそ》いで追《お》いかけて、きいた。

「ボートがどうかしたの？」

「わからないんですか？　事故《じこ》です。この船《ふね》は座礁《ざしょう》したんですよ！　もうすぐ沈《しず》んで、ぼくたちは全員死《ぜんいんし》んでしまうんだ。せめてもう一度《いちど》、大すきなふるさとを見たかった……。あなたと旅《たび》をしたかったのに。さようなら、ルフスさん……」

シドニーはルフスに水かきのついた前足《まえあし》をさしだした。お別《わか》れのあくしゅをするつもりらしい。でも、もちろん、ルフスは言《い》った。

「そんなにすごい事故《じこ》がおきたのなら、ぼくらも気がついたと思《おも》うけど」

シドニーはちょっと考《かんが》えて、ほっとした顔《かお》になった。

「まだ、港《みなと》を出ていなかったのか……。あ、ぼくはただ、救命《きゅうめい》ボートの場所《ばしょ》をたしかめておこうと思《おも》っただけですよ。あとで、船長《せんちょう》に言《い》っておかなくては。案内《あんない》の標識《ひょうしき》がひとつも見あたらない！」

ルフスは、数台先《すうだいさき》のバスのあたりが、少《すこ》し明《あか》るいことに気がついた。どこかから光《ひかり》がさしこんでいるようだ。それなら、だれかいるかもしれない。トイレだって、きっとあるだろう。

「おそらく、レストランでしょう。ぼくたちをまっていると思《おも》います」

ふたりは明《あか》るいほうへと急《いそ》いだ。でも、行《い》ってみると、人のすがたもトイレもレストランも見あたらない。シャッターに横長《よこなが》の大きなまどがついていて、外《そと》の街灯《がいとう》の黄色《きいろ》い明《あ》かりがさしこんでいるだけだ。ルフスはがっかりして言《い》った。

「フェリーに、こんなシャッターがあるわけないよ」

「もしかすると、ここは海上油田《かいじょうゆでん》かもしれません。石油《せきゆ》を売《う》れば、大金持《おおがねも》ちになれます！」

「どうして、とつぜん油田《ゆでん》なの？」

シドニーは、それには答《こた》えなかった。石油《せきゆ》が一トンあれば、ピーナツバターがいくつ買《か》えるかを、前足《まえあし》を使《つか》い、声《こえ》に出して数《かぞ》えている。とてもうれしそうだ。

そのあいだに、ルフスはシャッターにはりつき、のびあがってまどのむこうをのぞいてみた。外《そと》はどう見ても、アスファルトで舗装《ほそう》された広場《ひろば》のようなところだ。もう、考《かんが》えられる答《こた》えは、ひとつしかない。

「ここはフェリーの上じゃないし、港《みなと》でもない。大きな建物《たてもの》の中だ」

ルフスは、「あーあ」とつぶやいて、床《ゆか》にたおれこんだ。

「つまり、乗《の》るバスをまちがえたわけですね」と、シドニー。

「ぼくがまちがえたって言《い》いたいの？」

「だって、ぼくは、あなたにかかえられて乗《の》っただけですよ」

「……ここは、どこ？」

「さあ……ぼくにはさっぱりわかりませんね」

「どうしたらここから出られるかな。いい考《かんが》えはない？」

シャッターには、かぎがかかっているようだ。

「そのうちに、ここにあるバスを使《つか》う人がやってきて、入り口もあくでしょう」

そんなことは、ルフスだってわかっている。だけど……。

「それが、明日《あした》の朝《あさ》だったら？」

「出られるのも、明日《あした》の朝《あさ》ということです。それまで、ここでがんばりましょう」シドニーは、ルフスをなぐさめるように言《い》った。でも、頭《あたま》の中では、まだピーナツバターの数《かず》を数《かぞ》えているようだ。

「ぼく、トイレに行《い》きたいんだよ」

シドニーが、ゆっくりとうなずいた。「それはこまりましたね。カモノハシなら……」

「い、いいよ、カモノハシがどうするかは聞《き》きたくない！」ルフスは、もう一度《いちど》トイレをさがしてみることにした。

どこまでも広《ひろ》がる暗《くら》やみに足音だけがひびき、なんとも不気味《ぶきみ》だ。シドニーが小声《こごえ》でルフスにきいてきた。

「こういうだれもいないところには、夜《よる》になると巨大《きょだい》なクモやミイラや怪物《かいぶつ》や、肉食《にくしょく》の虫なんかが出《で》てくるのでは？」

どう答《こた》えたらいいのか、ルフスにはわからなかった。でも、そんなことを言《い》われたとたんにこわくなって、せなかをつめたいものがぞくぞくっとはいあがってきた。ふるえがとまらない。

シドニーをぎゅっとだきしめて、さらにすすんでいくと、ようやくドアが見えた。

どうか、かぎがかかっていませんように。あけたらトイレがありますように。出口が見つかりますように。ルフスはけんめいに三つのねがいごとを頭《あたま》の中でくりかえしながら、ドアへかけよった。

ひとつめのねがいは、かなった。ふたつめは、だめ。三つめも、だめだった。ドアのむこうは、またうす暗《ぐら》い通路《つうろ》がつづいているだけで、通路《つうろ》はずっと先のほうで、右へ折《お》れているようだ。

あそこを曲《ま》がれば、その先にトイレがあるかも。出口でもいい。

そのとき、通路《つうろ》の先のほうから、カツンカツンと足音が聞《き》こえてきた。かたい靴底《くつぞこ》が床《ゆか》にあたる音だ。

「吸血鬼《きゅうけつき》でしょうか？」シドニーがきいた。

ルフスは首《くび》を横《よこ》にふった。

懐中電灯《かいちゅうでんとう》の光《ひかり》がゆれながら、かべと床《ゆか》を照《て》らし、だんだんこっちへ近《ちか》づいてくる。

シドニーがさけんだ。

「はやく、逃《に》げましょう！」

あわててルフスがシドニーのくちばしをおさえたけれど、おそかった。

「だれかいるのか？」男の人の声《こえ》だ。

「海賊《かいぞく》かもしれません。ぼくがつかまらないように、しっかり守《まも》ってくださいね」シドニーはルフスにしがみついた。

「ここは船《ふね》じゃないってば」ルフスはささやいて、通路《つうろ》を引《ひ》きかえし、ヒラメのようにはいつくばって、バスがならんでいた場所《ばしょ》へもどった。

まもなくうしろのほうで、バタンとドアの音がして、天井《てんじょう》の電灯《でんとう》がパチパチと光《ひか》ったかと思《おも》うと、あたりが真昼《まひる》のように明《あか》るくなった。

ルフスは、何台《なんだい》もならんだ大きなバスのまえで、シドニーをだいたまま、ひとりでぽつんと立ちつくしていた。まぶしさに慣《な》れたときには、目のまえに、青い制服《せいふく》を着《き》た男の人がふたり立っていた。

「こんなところで、なにをしてるんだい？」ひとりがきいた。

そのしゅんかん、その人のうしろのかべに、トイレのマークが見えた。ルフスはなにも考《かんが》えずにかけだした。つかまえようとする手をあざやかにすりぬけ、マークめがけていちもくさんに。

トイレにかけこんだルフスは、個室《こしつ》に入り、はあはあ言《い》いながらドアにかぎをかけた。

「おみごとでした！」シドニーがほめてくれた。

ルフスは事務所《じむしょ》のいすにすわって、あたたかいココアを飲《の》みながら、ママがむかえにきてくれるのをまった。シドニーは、ぬいぐるみになっている。

「もう一度《いちど》きくけど、きみは本気で、バスでオーストラリアへ行《い》こうと思《おも》ったんだね？」

きいたのはクラウゼさんで、もうひとりはバルタースさん。ふたりともバス会《がい》社《しゃ》の警備員《けいびいん》だった。ルフスはうなずいた。

「きみが乗《の》ったバスは、この営業所《えいぎょうしょ》行《い》きだったんだよ。バスの正面《しょうめん》に大きく出てただろう?」バルタースさんが言《い》った。

「急《いそ》いでいて、よく見なかったんです」ルフスは言《い》った。

「だいたい、バスでオーストラリアなんか、行《い》けないよ」と、クラウゼさん。

でも、うでの中のシドニーが、「フェリー……」とつぶやいたので、ルフスは自信《じしん》を持《も》ってきいた。

「フェリーに乗《の》れば、バスでも行《い》けますよね？」

クラウゼさんは、うなずいた。つづけてきいてみようとしたとき、ドアがあいて、ルフスのママがかけこんできた。

「ああ、しかられますね……」シドニーはささやいて、またすぐに動《うご》かなくなった。

「むすこさんは、オーストラリアへ行《い》こうとしたようです」バルタースさんがママに言《い》った。

「ええ、わかってます」ママは、ルフスをぎゅっとだきしめた。「行《い》きたいに決《き》まってるわよね」

9　まぼろしの川はどこだ？

しっぱいにおわったバスの旅《たび》から、何日かが過《す》ぎた。シドニーはずっとおとなしかった。ルフスも、もうオーストラリアへ行《い》こうとは思《おも》わなかった。毎日《まいにち》、朝《あさ》から晩《ばん》まで雨がつづいていたせいかもしれない。

ようやく雲《くも》のあいだから太陽《たいよう》の光《ひかり》が差《さ》すと、シドニーの頭《あたま》もふたたび動《うご》きはじめたようだ。でも、まだ活動《かつどう》する気にはなれないらしく、ベッドで大すきなピーナツバターをなめている。

「新《あたら》しい計画《けいかく》を立てなくては」シドニーはそう言《い》って、舌《した》にピーナツバターをほんの少《すこ》しのっけた。

「どうせうまくいかないよ」ルフスは気が乗《の》らない。

「あきらめるんですか？」

「むだだもん」

「むだかどうかは、やってみないとわかりませんよ」

「もう、やってみたよ」

「バスだけでしょう？　ボートはまだです」

「カモノハシって、あきらめないんだね」

「はい、けっして」

シドニーは口の中にのこっていたピーナツバターを飲《の》みこむと、ベッドからおりて、机《つくえ》のほうへと歩《ある》きだし、机《つくえ》の上の地球儀《ちきゅうぎ》をさして、言《い》った。

「これは、なんですか？」

「地球儀《ちきゅうぎ》だよ」ルフスは答《こた》えた。どうしてそんなことをきくんだろう。見たことないのかな。

「この青い色《いろ》は?」

「海《うみ》だよ」

「海《うみ》の水はどこから来《く》るのですか?」

「川だよ。そんなの、子どもでもみんな知《し》ってる。小さな川の水が、もっと大きな川に流《なが》れていって、大きな川の水が、海《うみ》へ流《なが》れこむんだ」

「それです!」シドニーはとくいげだ。ルフスが手をたたいてよろこぶのをまっているのがわかる。

でも、ルフスは拍手《はくしゅ》をしなかった。それどころか、なんのことかわからなくて、いらいらしながらシドニーを見つめかえした。

「さいしょから、説明《せつめい》しないといけませんか?」シドニーが言《い》った。

ルフスは大きくうなずいた。

「いいでしょう。すべての川は、おそかれはやかれ海《うみ》へと流《なが》れこむ。そして、水はいつでも上から下へと流《なが》れる。つまり、ボートで川を下ればいいのです」シド

ニーはひといきついて、つづけた。
「川の流《なが》れに乗《の》れば、いつかは海《うみ》へ、つまりはオーストラリアへつきます。なぜなら、オーストラリアは下にあり、水はすべて、下へ下へと流《なが》れるのですから！」
ルフスは、あらためて地球儀《ちきゅうぎ》をながめた。シドニーの言《い》うとおりだ。かんたんなことじゃないか。信《しん》じられないくらいかんたんだ。どうして自分《じぶん》で思《おも》いつかなかったんだろう。
「ボートさえあれば……」シドニーがつぶやいた。

「それは、ぼくにまかせて」

ボートがある場所《ばしょ》なら知《し》っている。去年《きょねん》の夏《なつ》、パパと足こぎボートに乗《の》った。あのときの貸《か》しボート屋《や》さんで、かりればいい。

ルフスが、いつものように方位磁石《ほういじしゃく》と、『これだけは知《し》っておこう』の本、ピーナッツバターとパンをリュックにつめていると、シドニーが言《い》った。

「ボートをかりるとき、行《い》き先《さき》は言《い》わなくていいですからね」それから、テーブルの上のくだものを見て、つづけた。「くだものはぜったいに持《も》っていきましょう。長《なが》い船旅《ふなたび》では、ビタミンC《シー》をたっぷりとらないと、壊血病《かいけつびょう》になってしまいます」

「カイケツビョウ？」

「はい。壊血病《かいけつびょう》にかかると歯《は》がぬけて、やがては死《し》んでしまいますよ。人間《にんげん》は歯《は》がなければ食《た》べられませんし」

なるほど。

ルフスは自転車《じてんしゃ》にかぎをかけて、シドニーをかごからおろした。でも、貸《か》しボート屋《や》はしまっていた。お客《きゃく》さんが少《すく》ないせいだろうか。空はどんよりとして、ルフスとシドニー以外《いがい》には、だれも見あたらない。ボートはいくつかあるけれど、すべて桟橋《さんばし》にロープでしっかりつないであった。

「もたもたしてないで、はやく乗《の》りましょう！」シドニーがせかした。

「先にお金をはらわなくちゃ。どこではらえばいいんだろう」

「お金はそのへんにおいて。さっさとオーストラリアへ行《い》きますよ。面《おも》かじ、いっぱーい！」シドニーは、ルフスのうでをかりかりとひっかきはじめた。ウサギが穴《あな》をほるすがたにそっくりだ。

ふたりはならんだボートから一そうえらんで、ロープをほどき、乗《の》りこんだ。

「エンジンはどこですか？」シドニーがボートの中を見まわしている。

「これは足こぎボートだから、自転車《じてんしゃ》みたいに自分《じぶん》の足でこぐんだよ」ルフスはボートのペダルを指《ゆび》さした。

すると、シドニーは右側《みぎがわ》の席《せき》によじのぼり、すわった。水かきのついたみじかい足は、ぜんぜんペダルにとどかない。

「たいへん申《もう》し訳《わけ》ないのですが、こぐのはおまかせします」シドニーはすまなそうに言《い》ったあと、ピーナツバターのびんをあけておいてほしいとねだった。いつでも食《た》べられると思《おも》うと、安心《あんしん》できるらしい。

「では、ぼくは、航路《こうろ》をはずれないように、しっかりまえを見ています」

ルフスがペダルをふむと、ボートがゆっくりと動《うご》きだした。

……パパと乗《の》ったときも、こんなにたいへんだったかな？

まだ岸《きし》からほんの数《すう》メートルしかはなれていないのに、ルフスはもう汗《あせ》びっしょりだ。それでも、歯《は》を食《く》いしばってこぎつづける。

オーストラリアまでがんばるぞ！

でも、まえから強《つよ》い風《かぜ》がふきつけてきて、こいでもこいでもすすまない。すっ

かりいきがあがり、のどはヒュウヒュウ鳴《な》るし、足は水をすった砂袋《すなぶくろ》のように重《おも》い。口の中がからからにかわいて、まるで真昼《まひる》の砂漠《さばく》にいるみたいだ。なのに、今日《きょう》にかぎって、飲《の》みものをリュックに入れてくるのをわすれてしまった。

「あと、どのくらいこがなくちゃいけないの?」ルフスがぜえぜえ言《い》いながらきいた。

「もうじき楽《らく》になります。ま

ずは、大きな川までたどりつかないと」

「大きな川ってどこ?」ルフスの声《こえ》はかすれている。

シドニーは水かきをぺろっとなめると、風《かぜ》にむかって立てた。

「うん、たしかに感《かん》じる。かなり近《ちか》いぞ」ほんものの船乗《ふなの》りみたいな言《い》い方《かた》だ。

ルフスは、もういきがくるしくて、返事《へんじ》もできない。おまけに、とうとう雨までふりだした。

「かさは、ありましたっけ?」シドニーがきいた。

ルフスはだまって首《くび》を横《よこ》にふり、ひたすらペダルをこいだ。もうだいぶ遠《とお》くまで来《き》たはずだけど……。ルフスはたずねた。

「ねえ、川は、どこ?」

きょろきょろとあたりを見まわしたシドニーの顔《かお》が、さーっと青くなった。

「ひょっとすると……ここは、まわりを岸《きし》にかこまれていませんか?」

ルフスはこくりとうなずき、「それがなに?」と、きいた。

「それなら、ぼくたちは湖《みずうみ》にいるということですよ。この湖《みずうみ》の水は、川にも、海《うみ》にも、どこにも流れでていません！」

「さっき、川を感《かん》じるって言《い》ったよね？」

「きっと、まぼろしだったのでしょう。こういう天気のときには、よくあることです」

「まぼろし？」そんなばかな！

「いえいえ、オーストラリアではめずらしくないんですよ。とても危険《きけん》で、毎年《まいとし》、たくさんのコアラが、まぼろしの川に消《き》えています。まあ、それはたいして重《じゅう》要《よう》なことではありませんが」

ルフスはペダルをこぐのをやめて、ぐるりとあたりを見まわしてみた。シドニーの言《い》うとおりだ。まわりを岸《きし》にかこまれている。

大しっぱいだ……。

まちがいをみとめるのは、とてもつらい。ほんのちょっぴりのこっていた、さいごの力も、いっぺんになくなった。雨はどんどん強《つよ》くなってくる。

だれかがぼくをめがけて、バケツの水をぶちまけているんだ！

ルフスは体《からだ》じゅうの力がぬけて、ぐったりとうしろへたおれてしまった。シドニーが上着《うわぎ》の中にもぐりこみ、ぴたっと体《からだ》をくっつけてきた。

「きっとなにか方法《ほうほう》があるはずです」シドニーの目は、まだ希望《きぼう》にかがやいている。

「真《しん》の勇者《ゆうしゃ》のまえには、かならず道《みち》がひらけるものですよ」シドニーはそう言《い》って、ルフスのうでをちょんとつついた。


ルフスもシドニーも、すっかりずぶぬれだ。なのに、のどはからから。もはや力はのこっていない。それでも、なんとか岸《きし》にもどろうと、雨のふり注《そそ》ぐ湖《みずうみ》のまん中でがんばっていた。

でも、風《かぜ》は強《つよ》くなるいっぽうで、やがて横《よこ》なぐりの雨が、ほんもののあらしに変《か》わった。おそいかかる高《たか》い波《なみ》に、ボートははげしくゆれ、持《も》ちつづけていたかすかな希望《きぼう》も、とうとう消《き》えた。

「たすけて！　だれか、たすけてー！」

どんなにさけんでも、湖《みずうみ》のまわりにはだれもいない。どんなに耳のいい人も、このあらしでは外《そと》へ出ていないだろうし、こんな大きな湖《みずうみ》では、近《ちか》くの家《いえ》まで声《こえ》がとどくこともありえない。ルフスの目から、ぽろっとなみだがこぼれた。

「湖《みずうみ》でおぼれ死《し》ぬとは！　カモノハシとして、なんとはずかしいさいごでしょう！」

シドニーのことばを聞《き》いて、ルフスは、はっとした。

「シドニー、きみは泳《およ》げるじゃないか！　岸《きし》まで泳《およ》いでいって、たすけをよんできてよ！」

「おお、そうでした。すっかりわすれていました」シドニーはすっくと立ちあがった。でも、はげしく波立《なみだ》つ水を見て、またぺたっとすわりこんだ。

「いま、たすけをよんだりしたら、ぼくたちはおしまいです」シドニーはちょっとくやしそうな顔《かお》をした。「ぼくの正体《しょうたい》がみんなにばれて、動物園《どうぶつえん》に帰《かえ》されてしまいます」

なんだか言《い》い訳《わけ》のようにも聞《き》こえるけど……。ルフスがそう言《い》おうとしたとき、遠《とお》くから、歌声《うたごえ》と足音が聞《き》こえてきた。

「こんな天気にのんきに歌《うた》っているのは、どこのどいつでしょうね」シドニーが言《い》った。

なにも見えないけれど、声《こえ》は森のほうから聞《き》こえてくる。ルフスも知《し》っている歌《うた》だ。

「朝《あさ》つゆ光《ひか》る　山へ行《い》こう　ホーレラララー
緑《みどり》の森ぬけ　山へ行《い》こう　ホーレラララー」

ルフスはとっさに、声《こえ》のするほうへむかって、「たすけてー」と、さけんだ。

でも、すぐに、そんなことはしなければよかったと思《おも》うことになった。

ルフスがさけんだとたん、歌声《うたごえ》がぴたりとやんで、森から数人《すうにん》の子どもと、おとながふたり走《はし》りでてきた。先頭《せんとう》にいる子は、ピンクの雨《あま》がっぱを着《き》ている。

あのかっぱ、どこかで見たような……お姉《ねえ》ちゃん！　ルフスは、ヤニーネが今日《きょう》はクラスでハイキングに行《い》く、と言《い》っていたことを思《おも》いだした。

子どもたちがならんで、こっちを見ている。ヤニーネが言《い》った。

「やだ、弟《おとうと》があんなところで遭難《そうなん》しかけてる。はずかしい！」

ヤニーネの担任《たんにん》の先生は、すぐに足こぎボートで湖《みずうみ》にこぎだし、ルフスを岸《きし》までつれもどしてくれた。そこまでは、よかった。ところが……。

ルフスはシドニーを上着《うわぎ》の下にかくしていた。シドニーもかんぺきにぬいぐるみになっている。でも、ずぶぬれの上着《うわぎ》がはりつき、はっきりと形《かたち》がわかる。

さいあくだ……。

「ねえねえ、それ、なあに？　なにだっこしてるの？　もしかして、ぬいぐるみ？」ヤニーネのクラスの女の子がきいた。

女の子たちは、いっせいに笑《わら》い声《ごえ》をあげ、男の子たちは、ばかにしたような目でルフスを見た。

ヤニーネの顔《かお》は、はずかしさといかりでまっ赤っ赤だ。頭《あたま》の二センチ上で、雨がシュウシュウと白い湯気《ゆげ》になるのが見えるような気がした。

10　シドニーが消《き》えた！

つぎの日、ルフスは友《とも》だちの家《いえ》へあそびに行《い》った。ちょっとだけのつもりだったのに、あんまり楽《たの》しくて、つい時間《じかん》をわすれてしまい、帰《かえ》ってきたときには、もう夕方近《ゆうがたちか》くになっていた。

シドニー、おこってるかな……。

少《すこ》し心配《しんぱい》になったけれど、二階《かい》への階段《かいだん》をのぼりながら、だいじょうぶだと思《おも》いなおした。今日《きょう》一日ぼくがどんなにたのしかったかを聞《き》いたら、シドニーも、きっとよろこんでくれるだろう。

ルフスは自分《じぶん》の部屋《へや》に入ると、さっそく本棚《ほんだな》のまえにいすをおいて、上に乗《の》り、シドニーがベッドにしている箱《はこ》に手を入れた。

あれっ？

もう一度《いちど》、中のクッションをさわってたしかめ、箱《はこ》のすみをさぐり、しまいに、両手《りょうて》でそっと箱《はこ》をおろしてのぞきこんだ。空っぽだ。シドニーが消《き》えてる！

ルフスの心臓《しんぞう》が、どくんと鳴《な》った。

やっぱり、ずっとほったらかしにされて、おこったのかな。そんなはずないと思《おも》うけど……。

どこかにかくれているのかもしれないと思《おも》い、ベッドの下やクローゼットの中をのぞき、ひきだしや箱《はこ》も、かたっぱしからあけてみた。どこにもシドニーのすがたはない。ルフスはカーペットの上にへなへなとすわりこんで、泣《な》きそうになった。ぼくのたいせつな友《とも》だちは、どこ？　ヤニーネの部屋《へや》からは、にぎやかな音楽《おんがく》が聞《き》こえている。

まさか……？

ルフスはヤニーネの部屋《へや》にとんでいって、いきおいよくドアをあけた。

「シドニーをぬすんだな！」

鏡《かがみ》のまえでバレエの練習《れんしゅう》をしていたヤニーネが、こっちを見た。頭《あたま》がおかしいんじゃないの？　とでも言《い》いたそうな顔《かお》だ。

「ぬすんだって、なにを？」ヤニーネがきいた。

「ゆうかいだ、ゆうかいしたんだ」

「だれを？」

「ぼくのカモノハシだよ！」

するとヤニーネが、にたーっと笑《わら》った。この、あくまみたいな笑《わら》い。これには、とくべつに気をつけなくちゃいけない。

「ああ、きのう湖《みずうみ》でだきしめてた、あれのこと？」

これはふつうの質問《しつもん》だ。わなじゃないよな。

ルフスは、うなずいた。

「ふうん、あれ、シドニーっていうの？」

この言《い》い方《かた》は……なんだかいやな感《かん》じだ。ルフスは自分《じぶん》が、いまにも割《わ》れそうな氷《こおり》の上に立っているような気がしてきた。このままじゃ、まずい。だけど、ヤニーネがなにをたくらんでいるのかがわからない。

たいせつな友《とも》だちがいなくなったことで、頭《あたま》がいっぱいで、ルフスはなにも考《かんが》えられなくなっていた。

とにかく、いまはお姉《ねえ》ちゃんの質問《しつもん》には答《こた》えないでおこう。ルフスは返事《へんじ》をするかわりに、できるだけなんでもないふりをして、きいてみた。

「シドニーはどこ？」

「やっぱり！　あのくっさいぬいぐるみに、名まえつけたんだー！」ヤニーネはキャハハハと大声《おおごえ》で笑《わら》いだした。

ルフスはようやく、自分《じぶん》が大きなまちがいをしたことに気づいた。かんぜんに、ばかにされている。ヤニーネには、シドニーという名まえを言《い》ってはいけなかったんだ、ぜったいに。

「いくつでちゅかあ？　まだ、おもらししてるんじゃないの？」

いますぐ、このじゅうたんの下にもぐってしまいたい。

でも、シドニーのことは、まだなにもわからないままだ。お姉《ねえ》ちゃんがなにかしたに決《き》まってるのに。ここは、たたかわなくちゃ！

「シドニーをどこへやったんだ！」ルフスは声《こえ》がうらがえるくらい大声《おおごえ》を出して、ヤニーネに二歩《ほ》近《ちか》よった。ヤニーネはぎょっとしたらしく、いじのわるい笑《わら》い顔《がお》が、さっと青くなった。

「どこへやった？」ルフスは、まえに映画《えいが》のポスターで見たこわい目つきをまねて、ヤニーネをにらみつけた。

「あたしは、持《も》ってないってば」ヤニーネが言《い》った。

ルフスは、鼻先《はなさき》がふれるくらいヤニーネに近《ちか》づいて、なおも下からじいっとにらんだ。

「あたしが、あんなばい菌《きん》だらけのものにさわると思《おも》う？」

たしかに、それはしないかも。ほんとうに知《し》らないのか。じゃあ、いったいシドニーはどこへ行《い》ったんだろう？

ルフスはヤニーネからはなれ、まわれ右をしてドアへむかった。でも、部屋《へや》を出るまえに、ひとつ言《い》っておかなくちゃいけないことがある。

「ママには、言《い》っちゃだめだよ」

ヤニーネは顔《かお》をこわばらせて、「わかってる」と小さく答《こた》えた。

自分《じぶん》の部屋《へや》へもどったルフスは、動物園《どうぶつえん》のクマみたいに行《い》ったり来《き》たりしているうちに、とんでもない考《かんが》えが頭《あたま》にうかんで、はなれなくなった。

きっとシドニーはぼくをおいて、ひとりでオーストラリアへ帰《かえ》ってしまったんだ。

あたりまえだ。なんでも知《し》ってる頭《あたま》のいいカモノハシは、ぼくなんかいないほうが楽《らく》ちんにきまってる。シドニーは世《よ》の中《なか》のことをよく知《し》っているけど、ぼくは子どもで、足手まといになるだけ。ぼくはもう、パパのいるオーストラリアへは行《い》けない。ひとりで行《い》けるわけないもの。おしまいだ。もともと、できっこなかったんだ。

ひとりで頭《あたま》をかかえていると、階段《かいだん》の下からママがよぶ声《こえ》がした。

「ごはんができたわよ！」

おなかはぜんぜんすいていない。たいせつな友《とも》だちがいなくなって、たのしみにしていた計画《けいかく》ももうだめだっていうのに、食欲《しょくよく》なんかあるわけがない。

それでも階段《かいだん》をおりていくと、ママが言《い》った。

「地下室《ちかしつ》から、お水のボトルを一本、とってきてくれる？」

ルフスはだまってうなずき、地下《ちか》へのうす暗《ぐら》い階段《かいだん》をおりていった。ロープにせんたくものがずらりと干《ほ》してある。その横《よこ》をとおりすぎ、お水がおいてある棚《たな》へむかおうとして、ふと足がとまった。

あれっ、いま……。

急《いそ》いでもどって、せんたくものをもう一度《いちど》よく見ると……やっぱり、見まちがいじゃなかった！　シドニーがせんたくばさみでとめられて、物干《ものほ》しロープにつるされている。

「そろそろ来《き》てくれるんじゃないかとは思《おも》っていました……」せんたくばさみをはずしてやると、シドニーがぶつぶつ言《い》った。

「どうしてこんなところに？」ルフスがきいた。

「うとうとしていたら、いきなり洗剤《せんざい》くさい手にがばっとつかまれたんです。これがもう、ぼくをつかんだがさいご、はなそうとしない。あっというまに、大きな白い箱《はこ》の中にポンと入れられて、丸《まる》いまどがしまったかと思《おも》ったら、水がバシャバシャふってくるし、おまけに洗剤《せんざい》まで入ってきて、たちまちブクブク泡《あわ》まみれですよ。信《しん》じられますか？」

「そうだったんだ……」ぼくが留守《るす》のあいだに、そんなことになってたなんて。

「ちょっとかいでみてください。こんなの、女の子のにおいですよ！」シドニー

が前足《まえあし》をさしだした。

くんくんかいだルフスが「いいにおいだよ」と言《い》おうとすると、シドニーが、ものすごいいきおいでつづけた。

「しかも、その箱《はこ》がいきなりまわりだしたんです。わかりますか？　ぐるぐる、ぐるぐる、ばかみたいにまわりつづけて」

「ああ、せんたく機《き》だから……」

「あの箱《はこ》の正体《しょうたい》をごぞんじで？」

「うん」

「箱《はこ》の中のものが、どれくらいのスピードでふりまわされるかも？」

「それは知《し》らないけど」

「自分《じぶん》の名まえも、どこで生まれたのかも、ぜんぶわすれてしまうくらいの速《はや》さでまわりましたよ。しまいに熱《あつ》い風《かぜ》がふきはじめて、顔《かお》にぺたっとぞうきんがはりついて、いきぐるしいわ、まわるわ、いきぐるしいわ、まわるわで、それはもう……」

「ごめん。たいへんだったね」ルフスはシドニーをぎゅっとだきしめた。「もう二度《ど》とそんな目にはあわせないよ」

「ママ、この……ぬいぐるみ、あらったの？」

「ええ、ほんとうはゴミに出してしまおうと思《おも》ったんだけど」

ルフスのうでの中で、シドニーの心臓《しんぞう》がどきどき鳴《な》っている。なにも知《し》らないママは、ルフスにきいた。

「そんなとんでもないもの、どこから持《も》ってきたの？」

「見つけたんだ。これはカモノハシだよ、オーストラリアの」

「それで、パパのことを考《かんが》えちゃったのね」

なんでわかるんだろう？　どうしてだか、ママはなんでも知《し》っている。かんじんなときに、ほんとうのことがわかるらしい。たぶんお母《かあ》さんというのは、いつでもなんでもわかっているものなんだ。

「だから、すてないでおいたの。でも、さっさと自分《じぶん》の部屋《へや》に、おいてきてちょうだい。ごはんのときには、持《も》ってこないで」

ルフスが自分《じぶん》の部屋《へや》に入ってドアをしめると、まってましたとばかりにシドニーがしゃべりだした。

「聞《き》きましたか？　ぼくがゴミ？　ゴミに出そうとしたって？　なんてひどい人だ」

だけど、すてないでくれたんだからさ、とルフスはシドニーをなだめた。

「そのさわやかなにおいも、わるくないよ。ぼくだって毎日《まいにち》シャワーをあびて、そのあとは同《おな》じようなにおいがしてるよ」

「でも、ゴミと言《い》われたことはないでしょう？」

もちろん、ない。ヤニーネにだって、それは言《い》われたことがない。シドニーが腹《はら》を立てる気持《きも》ちはよくわかる。

「急《いそ》いで出発《しゅっぱつ》しなくては。今夜《こんや》にも」シドニーが言《い》った。でも、ルフスは首《くび》を横《よこ》にふった。

「では、なるべくはやく。ああいうおかしな人は、いつまた気が変《か》わって、ぼくをゴミあつかいするかわかりませんからね」

11　タスマニアデビルの技《わざ》

ルフスがカモノハシのぬいぐるみをだいじにしていることは、もうママもヤニーネも知《し》っている。かくしておく必要《ひつよう》はなくなった。さっそくつぎの日の午後《ごご》、ルフスとシドニーは、リビングのじゅうたんにのんびりねころがって、テレビを見ることにした。ちょうど、オーストラリアを紹介《しょうかい》する番組《ばんぐみ》をやっていた。でも、ほんとうにのんびりしているのはルフスだけで、シドニーは、ママがそばをとおるたびにびくっとして、ちょっと小さくなる。

「シドニー、もっと落《お》ち着《つ》いててよ。気になっちゃうよ」

「あの人がまた、ぼくをぐるぐるマシンにつっこむんじゃないかと思《おも》って……」

「あれは、せんたく機《き》っていうんだよ」

そう言《い》ったしゅんかん、ルフスはママがすぐそばに立っているのに気づいた。

シドニーは、もうぬいぐるみになっている。ママがきいた。

「いまからヤニーネと週末《しゅうまつ》のお買《か》いものに行《い》くけど、いっしょに来《く》る？」

ルフスは、行《い》かないと答《こた》えた。

まもなく、ママとヤニーネが出かけてしまうと、シドニーが言《い》った。

「出発《しゅっぱつ》しなくては」

「どうやって行《い》くの？　オーストラリアまで歩《ある》く？」

「あなたのような長《なが》い足があれば、それもわるくない案《あん》ですが。ぼくの足は……知《し》ってるでしょ？」

ルフスは、あらためてシドニーの足を見つめた。ほんとうに、みじかい。

「……ごめん。そうだ、貨物船《かもつせん》でやとってもらおうよ」これはいい案《あん》じゃないかな。

「船《ふね》でなにをするんですか?」

「食事《しょくじ》を作《つく》る手伝《てつだ》いとか……そうだなあ……番犬《ばんけん》の仕事《しごと》は、どう?」

シドニーはぷいっと横《よこ》をむいた。あまりにばかばかしくて、答《こた》えたくもないらしい。

「じゃあ、水先案内人《みずさきあんないにん》は? シドニーならうまくできると思《おも》うよ。とくにオーストラリアのまわりの海《うみ》を、よく知《し》ってるんだから」

「船乗《ふなの》りというのは、信用《しんよう》できません。やつらを見かけると、ぼくをなべにして食《た》べる気じゃないかと思《おも》って、ぞっとします」

「えっ、カモノハシって、食《た》べられるの?」

「その話《はなし》はやめましょう!」

「やっぱり、家《いえ》にいるしかないなあ」ルフスがためいきをついた。

「それはだめですよ。ぼくのモットーは『自由《じゆう》なくして……』」

「……なに?」

「……なくして……」と言《い》いながら、シドニーはルフスに背《せ》をむけて、すいよせられるようにテレビに近《ちか》づいていった。ちょうど、飛行機《ひこうき》からおりてくる人たちがうつっている。シドニーは目をきらきらさせて、画面《がめん》をさした。

「これは、なんですか？」

「飛行機《ひこうき》だよ」

「これで、オーストラリアへ行《い》けますか？」

「そうだよ。空をとんでいくんだ」

「ほんとうに？　まちがいなく行《い》ける？」

「うん、行《い》ける」

「なら、どうしてぼくたちは、飛行機《ひこうき》で行《い》かないのですか？」

「どうしてって……」ルフスはこまってしまった。飛行機《ひこうき》でオーストラリアへ行《い》こうなんて、まったく考《かんが》えていなかったから。

シドニーは、ぺたぺたと足をふみならして、おこりだした。

「どうして、いままで思《おも》いつかなかったんですか？」

「それは、だって……飛行機《ひこうき》に乗《の》るためには、チケットがないと」

「知《し》ってますよ」

そう言《い》いながら、明《あき》らかにシドニーは、なにもわかっていないようだ。ルフスが説明《せつめい》するのを、じっとまっている。

「飛行機《ひこうき》のチケットはね、すごく高《たか》いんだ。そんなお金、ぼくにはないもの。通《つう》帳《ちょう》にはあるけど、ぼくはさわっちゃいけないって言《い》われてるし」

「通帳《つうちょう》はどこですか？」

「アルバムとかといっしょに戸棚《とだな》の中に……」ルフスはとちゅうで話《はなし》をやめた。とつぜん、頭《あたま》の中でお祭《まつ》りの花火があがったように、パッパッと考《かんが》えがひらめいたのだ。

ルフスは、いきなりシドニーをだきあげると、リビングの戸棚《とだな》にかけよって、アルバムをひっぱりだし、ぱたぱたとめくりはじめた。

「あった、これだ！」

ルフスがとくいそうに指《ゆび》さしたのは、飛行機《ひこうき》の搭乗券《とうじょうけん》。去年《きょねん》の夏《なつ》、家族《かぞく》でマジョルカ島《とう》へ行《い》ったときのものだ。シドニーはわけがわからず、きょとんとしている。

「あのう、なぜ、いま、スペインのマジョルカ島《とう》なのでしょうか？」

「この搭乗券《とうじょうけん》にはマジョルカって書《か》いてあるけど」ルフスは、急《きゅう》に声《こえ》を小さくしてつづけた。「それを消《け》して、かわりにオーストラリアって書《か》けば、たぶんだれも気がつかないよ」

「おお、すばらしい考《かんが》えだ！　ルフスさんは、天才《てんさい》です！」感激《かんげき》したシドニーは、ルフスに何度《なんど》もキスをした。

「もういいってば。よだれでべちょべちょになっちゃうよ……」

ふたりはパパの書斎《しょさい》で修正液《しゅうせいえき》を見つけてきて、「マジョルカ」の文字を白くぬりつぶした。そして、かわくのをまってから、上から黒《くろ》のペンで「オ、ー、ス、ト、リア」とていねいに書《か》き入《い》れた。

「かんぺきです」シドニーが大げさにほめた。

「しまった！『ラ』を書《か》きわすれてる！　これじゃ『オーストリア』だ」

ルフスはもう一度《いちど》、修正液《しゅうせいえき》で字を消《け》して、こんどはまちがいなく「オーストラリア」と書《か》いた。ちょっときたなくなってしまったけど、ぱっと見ただけならわからない。

「じつによくできた、にせチケットです。これならぜったいいけます。ぼくが気づかないくらいですから、だれにもわかりませんよ」シドニーは搭乗券《とうじょうけん》から目をはなして、ルフスをせかした。「いますぐ出発《しゅっぱつ》です。あの人が帰《かえ》ってきて、ぼくをぐるぐるまわしたり、ゴミ箱《ばこ》にすてたりするまえに出かけましょう」

ルフスはリュックに荷物《にもつ》をつめはじめた。すっかり慣《な》れて

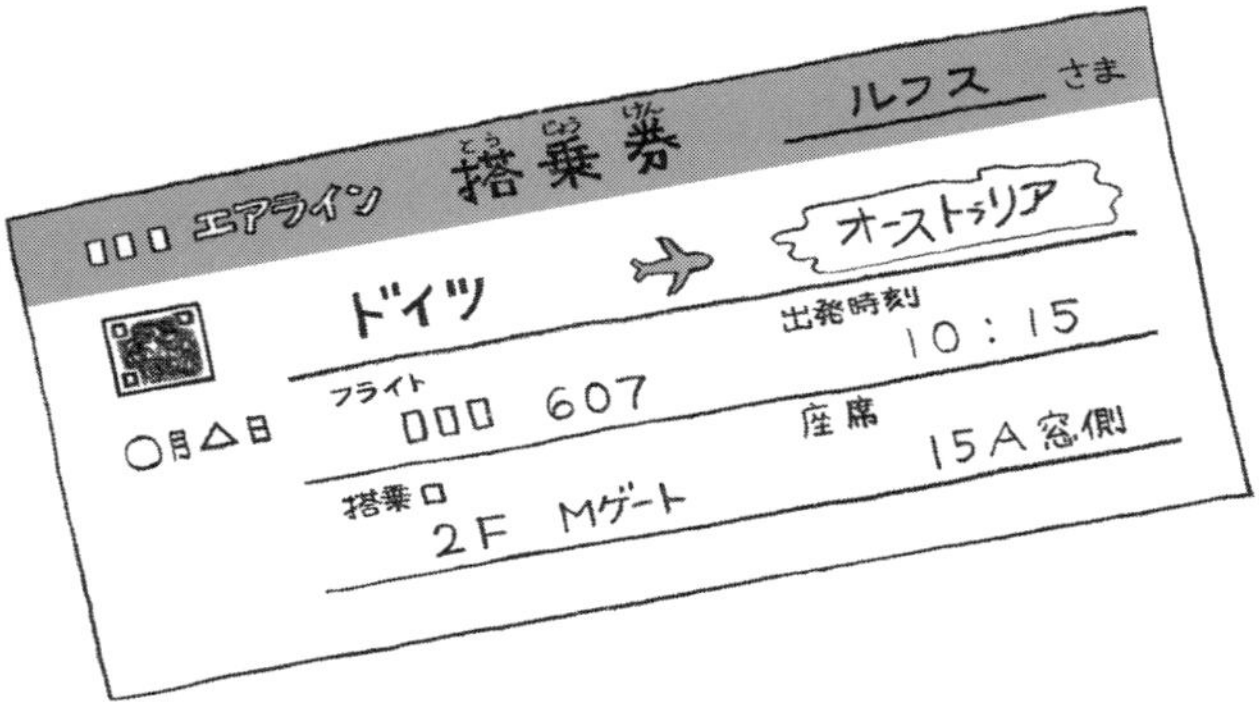

しまったので、したくはあっというまにできた。

「あの……ピーナツバターが入ってないのでは？」シドニーの声《こえ》がちょっとふるえている。心配《しんぱい》でたまらないらしい。

「食《た》べものは、飛行機《ひこうき》でも出るよ」

「ピーナツバターも？」

ルフスは「もう！」と言《い》いながらも、台所《だいどころ》へ行《い》き、戸棚《とだな》からピーナツバターをひとびんとりだした。

ふと、まどの外《そと》を見ると、家《いえ》のまえに車がとまっていて、ちょうどママがおりてくるところだった。ヤニーネは先に、げんかんにむかって歩《ある》きだしている。

なんで？　いつもはふたりで買《か》いものに出かけたら、なかなか帰《かえ》ってこないのに。永遠《えいえん》に帰《かえ》ってこないんじゃないかと思《おも》うくらい。

ルフスは、すっかりあわててしまった。あと少《すこ》し、というところでしっぱいするなんて、ぜったいにいやだ。でも、あせるばかりで、いい考《かんが》えがひとつもうかばない。

そのとき、シドニーのたのもしい声《こえ》がした。

「まかせてください。ひとまず、ドアのかげにかくれましょう」

ルフスは急《いそ》いでリュックをしょって、シドニーをかかえたまま、台所《だいどころ》のドアの横《よこ》のかべにぴたりとはりついた。

カチャカチャとげんかんのドアをあける音がして、ママの声《こえ》が聞《き》こえた。

「ルフス？　ただいま！　おさいふわすれちゃって」

ルフスはいきをとめた。おさいふはどこだ？　まさか台所《だいどころ》じゃないよな。

「ああ、ここにあったわ」リビングか。よし、ついてるぞ。

すると、ヤニーネの声がした。

「ちょっと、お水《みず》飲《の》んでから行《い》く」

お水……？

そのしゅんかん、ドアがいきおいよくあいて、シドニーの頭《あたま》にあたり、ボスッとにぶい音がした。

ふたりに気づいたヤニーネは、なにか言《い》おうと口をあけて、そのまま動《うご》かなくなった。シドニーが、ヤニーネをぐっとにらみつけている。ルフスが一度《いちど》も見たことのない目つきだ。

あとになってシドニーは、「あれはタスマニアデビルに教《おそ》わった技《わざ》です」と、話《はな》してくれた。敵《てき》が動《うご》けなくなる、おそろしい目つきらしい。

ヤニーネは、ごくりとつばを飲《の》みこんで、ふらっとよろめき、ひとことも言《い》えなかった。

「ヤニーネ、なにしてるの？　はやくなさい、もう行《い》くわよ！」ママがげんかんでさけんでいる。

シドニーはヤニーネをにらんだまま、ゆっくりとうなずき、ドアの外《そと》へ出ろと命令《めいれい》するかのように、首《くび》を動《うご》かした。ヤニーネはおとなしく、だまって出ていった。

げんかんのかぎをしめる音がし、つづいて車が走《はし》り去《さ》る音が聞《き》こえた。

ルフスはふうーっと大きくいきをはいた。十分《ぷん》くらいいきをしていなかったような気分《きぶん》だ。

「すぐに出かけましょう。またもどってくるかもしれませんよ」シドニーが言《い》った。

ふたりは家《いえ》をとびだすと、近所《きんじょ》の人に見られないように、急《いそ》ぎ足《あし》で家《いえ》からはなれた。

「で、どこへ行《い》くんですか?」シドニーがきいた。

「ぼくにまかせて。空港《くうこう》への行《い》き方《かた》は知《し》ってる。パパの見送《みおく》りに行《い》ったから」

こうして、秋《あき》のはじめのある日、男の子とカモノハシが世界半周《せかいはんしゅう》の旅《たび》に出ようと、12番《ばん》の路面電車《ろめんでんしゃ》で中央駅《ちゅうおうえき》へむかった。

12
緊急事態《きんきゅうじたい》です！

ルフスとシドニーの乗《の》った路面電車《ろめんでんしゃ》が、中央駅《ちゅうおうえき》のまえに停車《ていしゃ》した。空港行《くうこうい》き急行《きゅうこう》への乗《の》りかえ方《かた》は、しっかりおぼえている。

ルフスは、シドニーをかかえて、駅《えき》の入り口へむかって歩《ある》きだした。肩《かた》ごしにうしろを見はっていたシドニーが、うれしそうに手をふって、言《い》った。

「見てください、あそこにクラウゼさんとバルタースさんがいますよ」

「手なんかふっちゃだめだよ！」ルフスはきょろきょろして、シドニーにもんくをいった。

「どうしてです？　おいしいココアをごちそうになったのに」

「あれはバルタースさんたちじゃないよ、おまわりさんだ」

でも、おそかった。ふたりの警官《けいかん》はルフスとシドニーを見て、まっすぐこっちへやってくる。

ルフスは気づかなかったふりをして下をむき、さっさと駅《えき》の構内《こうない》へ入ろうと足をはやめた。入ってしまえば、人ごみの中にまぎれこむことができる。

あと五歩《ほ》、四歩《ほ》。男の人がひとり、大急《おおいそ》ぎでルフスたちを追《お》いこしていった。

あと三歩《ぽ》。入り口のドアに手をのばす。あと一歩《いっぽ》。

「とまりなさい！」おまわりさんの声《こえ》だ。ルフスはどきっとして、心臓《しんぞう》が口からとびだしそうになった。

だめだ、つかまる！　つかまったら、家《いえ》につれもどされて、ママにぜんぶ話《はな》さなくちゃいけなくなる。オーストラリア行《い》きは、ぜったいにゆるしてもらえない。

「走《はし》って！」シドニーが言《い》った。

「どうせ追《お》いつかれるよ」ルフスはあきらめて、立《た》ちどまった。

「では、ぼくはひとりで逃《に》げます。なにもわるいことをしていないのに、つかまってたまるか！　なにがなんでも、オーストラリアへ帰《かえ》るんだ！」

シドニーはそうさけぶと、ルフスのうでからとびおりて、かたいアスファルトの地面《じめん》にいきおいよく着地《ちゃくち》した。

「うっ！」シドニーはみじかくうめいたあと、すぐにだまって動《うご》かなくなった。すぐそばで、警官《けいかん》の黒《くろ》いブーツの足音がしたからだろう。たったいま大さわぎしていたのに、もう、かんぺきに死《し》んだふりをしている。

ルフスは、またしても感心《かんしん》してしまった。

警官《けいかん》は、かがんでシドニーをひろいあげ、ほこりをはらってくれた。

このおまわりさんに、ほんとうのことを言《い》ってしまおうかな。でも、口の中がからからにかわいていて、声《こえ》が出ない。

「落《お》としものだよ」警官《けいかん》はルフスに、シドニーをわたしてくれた。ルフスはあわててお礼《れい》を言《い》った。

「はやくママのところへ行《い》きなさい」

警官《けいかん》は、そう言《い》って、さっさと行《い》ってしまった。ふたりはさっき、ルフスを追《お》いこしていった男の人に身分《みぶん》証《しょう》を出させて、なにかたずねているようだ。

「ぼくたちをよびとめたわけじゃなかったんだね」

「そんなこと、はじめ

からわかっていましたよ。ぼくの言《い》うことを聞《き》かないから」

「なにも言《い》ってなかったと思《おも》うけど……」ルフスが言《い》った。

「いつもそうなんだ。みんな、ぼくの話《はなし》を聞《き》いてくれない！」シドニーが、もんくを言《い》った。

ルフスはそれにはかまわず、空港行《くうこうい》きの列車《れっしゃ》のホームをさがすと、いきおいよく階段《かいだん》をかけあがり、停車《ていしゃ》していた急行《きゅうこう》に乗《の》りこんだ。でも、今回《こんかい》は、先頭車両《せんとうしゃりょう》に飛行機《ひこうき》のマークがあるのをたしかめることもわすれなかった。

二十分後《ぷんご》、ふたりは広《ひろ》い空港《くうこう》ロビーに立っていた。

「オーストラリア行《い》きはどこでしょうね」

「うーん……ちょっとまって」ルフスは、何《なん》か月《げつ》かまえ、パパを見送《みおく》りに来《き》たときのことを思《おも》いだそうとした。でも、パパがチェックインしていた場所《ばしょ》がどこだったのかは、はっきりとおぼえていない。

「まず、リュックをあずけないと」

「ちょっとまった！　そのリュックには、ピーナツバターが入ってますよね？」

「うん」

「では、あずけるのは、なしです」

「でも、チェックインをして、保安検査《ほあんけんさ》を受《う》けなくちゃ」

「それなら、さっさと行《い》きましょう」

「荷物《にもつ》をあずけるところが、わからないんだ」

「あずけるのは、なしだと言《い》いましたよね？」

「でも、チェックインはぜったいに必要《ひつよう》だよ。荷物《にもつ》をあずけるところで、できるはずなんだけど」

カウンターはいくつもならんでいる。とても数《かぞ》えきれない。オーストラリア行《い》きのカウンターかどうかを、ひとつひとつたずねていたら、あやしまれてしまう。ぼくの搭乗券《とうじょうけん》で、うまくいくといいんだけど。はやく飛行機《ひこうき》に乗《の》りたいな……。

ルフスがあれこれ考《かんが》えていると、シドニーがさけんだ。

「あれを見てください！　まぬけなコアラにそっくりです」シドニーはある飛行《ひこう》機《き》会社《がいしゃ》のマークをさしている。「カモノハシにするべきでしょう。コアラよりうまくとべるんですから」

「えっ、カモノハシって、とべるの？」ルフスはおどろいてきいた。

「コアラよりは、です」

　カモノハシがとべるかどうかはともかく、あのマークはたしかにコアラだ。あそこがオーストラリア行《い》きのカウンターかもしれない。

　ところが、そのカウンターに行《い》ってみると、係《かかり》の人がだれもいなかった。

「あそこにボタンがあります。おしてみましょう。きっとだれか来《き》てくれますよ」

　シドニーが見ているかべに、赤い枠《わく》と透明《とうめい》なカバーがついたボタンがある。

「これは非常《ひじょう》ベルだよ。緊急《きんきゅう》のとき以外《いがい》は、おしちゃいけないんだ」たしかパパは、火事《かじ》のときしかおしちゃいけないって言《い》ってた。

「なにがなんでもオーストラリアへ行《い》かなくちゃいけないんですから、いまは緊《きん》急《きゅう》事《じ》態《たい》です」

「ちがうよ」

「ちがいません」

「ちがうってば」

するとシドニーは、なにも言《い》わなくなってしまった。その顔《かお》がどんどん赤くなっていく。

「シ、シドニー、どうしたの？」

「い、いきをとめています。ぼくが気を失《うしな》ったら、緊急事態《きんきゅうじたい》ですよね？」

「それでも、ボタンはおさないよ」ルフスがきっぱり言《い》うと、シドニーがやっと大きく深《しん》呼《こ》吸《きゅう》をした。

「しかたがありません。係《かかり》の人が来《く》るまで時間《じかん》をつぶしましょう。まどから飛行《ひこう》機《き》をながめるのはどうです？」

ふたりはロビーを出て、まずはショッピングエリアでお店《みせ》をのぞいてまわった。本屋《ほんや》さんに入って、ルフスがマンガを手にとると、シドニーが「お金は食《た》べものと飲《の》みもののためにとっておかなければ」と、ささやいた。ルフスはちょっと反《はん》省《せい》して、本を棚《たな》にもどした。

「はやく飛行機《ひこうき》のところへ行《い》きましょう！」

「どうやって？」

「あの人たちのうしろをついていくんです。大きなかばんを持《も》っていますから、飛行機《ひこうき》に乗《の》るにちがいありません」

なるほど。ルフスはまたシドニーに感心《かんしん》して、四人家族《かぞく》のあとを追《お》った。お父《とう》さんとお母《かあ》さんと子どもがふたり。ひとりは女の子で、もうひとりはルフスより背《せ》が高《たか》い男の子だ。年も少《すこ》し上に見える。男の子はルフスに気づくと、「やあ、

ぼくはヨーナス」とあいさつしてくれた。

「どこへ行《い》くの？」ルフスがきいた。

「ハンブルクへ帰《かえ》るところさ。おばあちゃんの家《いえ》に行《い》ってたんだ」ヨーナスはシドニーを指《ゆび》さした。「そのカモノハシ、いいね」

たちまちシドニーは、ノーベル賞《しょう》でももらったように、とくいげに顔《かお》をかがやかせた。

ルフスは、オーストラリア行《い》きのことを話《はな》そうかどうしようか迷《まよ》って、「ぼくたちはちょっと飛行機《ひこうき》を見に」と、言《い》うだけにした。

カウンターのまえには、たくさんの人たちが列《れつ》を作《つく》っていて、なかなかまえへすすまない。それなのに、うしろのお客《きゃく》さんたちがぐいぐいおしてくる。ふりむくと、麦《むぎ》わら帽子《ぼうし》をかぶった団体客《だんたいきゃく》がいて、「オーレーオレオレオレー」と、サッカーの応援歌《おうえんか》を歌《うた》っていた。

「そのカモノハシは、オーストラリアのだよね？」ヨーナスがまたうしろからおされて、大きくまえに一歩《いっぽ》すすんだ。

「うん、動物園《どうぶつえん》にいたんだ。オーストラリアへ帰《かえ》りたいみたい」

ヨーナスとおしゃべりしながらも、ルフスはうしろから何度《なんど》もおされて、そのたびに一歩《いっぽ》まえにふみだし、腰《こし》をぐっと落《お》として、ころばないようにふんばった。

気がつくと、そこはもうカウンターだった。制服《せいふく》を着《き》た係員《かかりいん》が、ルフスたちにたずねた。

「こんにちは。行《い》き先《さき》はどちらですか？」

ルフスの少《すこ》しうしろで、ヨーナスのお父《とう》さんが、歌《うた》いつづけている団体客《だんたいきゃく》におしたおされそうになりながら、係員《かかりいん》にさけんだ。

「その子は、むすこです。チケットはわたしが！」

「もうひとりは？」係員《かかりいん》がそうたずねたときには、もうルフスもヨーナスも保《ほ》安検査場《あんけんさじょう》へつづくエスカレータに乗《の》っていた。ヨーナスは去年《きょねん》オーストラリアへ行《い》ったばかりで、ふたりともすっかり話《はなし》にむちゅうになっていたのだ。

カウンターの係員《かかりいん》は、歌《うた》っている団体客《だんたいきゃく》からつぎつぎとチケットをつきつけられて、ふたりの男の子がとおったことは、すぐにわすれてしまった。

13 飛行機《ひこうき》へ！

ルフスとヨーナスはエスカレータをおりると、まっすぐ保安検査場《ほあんけんさじょう》へむかった。

「では、ポケットの中のものは、すべてこちらへ」係員《かかりいん》はそう言《い》いながら、ベルトコンベアの上にトレーをおくと、顔《かお》をあげて、「お父《とう》さんやお母《かあ》さんは？」ときいた。

ヨーナスが、めんどうくさそうにうしろを指《ゆび》さした。こんなふうに親《おや》とはなれて先を歩《ある》くのは、いつものことなんだろう。ルフスは、ポケットの中身《なかみ》をトレーに出した。コインが何枚《なんまい》かと家《いえ》のかぎ、ハンカチ、ねじ、石ころがふたつ。

「リュックもね」係員《かかりいん》が言《い》った。

リュックをおろし、ベルトコンベアに置《お》きながら、ルフスは思《おも》った。

まだ飛行機《ひこうき》に乗《の》るための手つづきもすんでないのに、どうしてこんなに調《しら》べるのかな？　どこかでチェックインをしないと、飛行機《ひこうき》には乗《の》れないはずだ。どこですればいいのか、この人にきいてみようかな。

ルフスがたずねようとしたとき、係員《かかりいん》がせかすように言《い》った。

「その、かかえているものも」

「もの？　その人、『もの』と言《い》いましたよね？」シドニーがむっとしている。

まずい、さわぎになっちゃう。ルフスはむりやりシドニーの顔《かお》をうしろにむけた。ところが、シドニーはよほど腹《はら》が立ったらしく、ぶつぶついいながら、思《おも》いきりルフスのうでにかみついてきた。あまりのいたさに、ルフスはちょっとなみだぐんでしまった。

するど、係員《かかりいん》がためいきをついて言《い》った。ルフスのなみだをかんちがいしたらしい。

「わかったから、もういいよ。そんなにアヒルちゃんとはなれたくないなら、検査《けんさ》ゲートはだっこしたままとおっていいから」

「アヒルちゃん？　ますますひどい……」シドニーはルフスのうでに顔《かお》をうずめた。運《うん》よく、ルフス以外《いがい》には聞《き》こえなかったようだ。もし聞《き》かれたら、検査《けんさ》ゲートはとおらせてもらえなかっただろう。

ルフスはぶじにゲートをとおりぬけ、さっきトレーに出したものとリュックを受《う》けとった。ヨーナスとは、ここでさよならだ。

「じゃ、ぼくらはエリアB《ビー》だから」ヨーナスが言《い》った。

「このへんで飛行機《ひこうき》が見えるところはない？」ルフスはきいてみた。

「むこうのまどから、何機《なんき》か見えるよ」ヨーナスはそう言《い》って、フライト情報《じょうほう》が表示《ひょうじ》されたモニターに目をやった。「でも、おくのエスカレータでおりて、エリアC《シー》まで行《い》くと、もうじき離陸《りりく》するシドニー行《い》きが見られると思《おも》う」

ルフスのうでの中で、シドニーの心臓《しんぞう》がドキドキ言《い》いだした。

ルフスの両側《りょうがわ》を、何人《なんにん》もの人がゴロゴロとキャスターつきのバッグをころがし、足ばやに追《お》いこしていく。でも、ルフスは上だけをしっかり見て歩《ある》いていた。緑色《みどりいろ》の標識《ひょうしき》に黄色《きいろ》いC《シー》の文字がかがやいている。おくの下りエスカレータで、下の階《かい》へついたとたん、あたりがぱあっと明《あか》るくなった。

広《ひろ》いホールに、たくさんの人があふれている。ホールの三方《さんぼう》は、床《ゆか》から天井《てんじょう》までガラスまどになっていて、外《そと》に飛行機《ひこうき》が見えた。機体《きたい》に描《えが》かれているのは、コアラのマークだ。

「あれがオーストラリア行《い》きだ！」ルフスがさけぶと、うでの中のシドニーも身《み》を乗《の》りだした。

「ゴールが見えてきました！　ぼくのふるさとまで、あとほんのちょっとです。もうじき、このすばらしい足で、ふたたびすばらしいオーストラリアの大地《だいち》をふみしめ、ぼくの作《つく》った詩《し》が、あの大陸《たいりく》にひびきわたる。川という川、湖《みずうみ》という湖《みずうみ》を、ひとつのこらず泳《およ》ぎまわってやるんだ」

そのとき、白髪《しらが》のおばさんが、ルフスに声《こえ》をかけてきた。

「あらあ、なんてかわいらしいカモノハシちゃんでしょ」

シドニーは「そうでしょう、そうでしょう」と、満足《まんぞく》げにつぶやいた。

「シドニーっていうんです」ルフスは胸《むね》をはった。

「わたしの名まえは、ブレットシュナイダーよ。もうすぐシドニーへ出発《しゅっぱつ》するの」

「あの飛行機《ひこうき》で？」ルフスはまどの外《そと》の飛行機《ひこうき》を指《ゆび》さした。

おばさんはうなずいた。「主人《しゅじん》といっしょに、娘《むすめ》のところへ行《い》くの。娘《むすめ》は、もう何年《なんねん》もまえからむこうでくらしているのよ」

「ぼくはルフスと言《い》います。パパはエンジニアで、オーストラリアで働《はたら》いてます。……ご主人《しゅじん》はどこですか？」

「こっちだよ」と、うしろのほうで声《こえ》がして、はでなシャツを着《き》たおじさんが近《ちか》づいてきた。「ちょっとコーヒーの紙《かみ》コップをすてにいってた。まもなく搭乗時間《とうじょうじかん》だ。いよいよ出発《しゅっぱつ》だな」

「このぼうやのお父《とう》さんがね、オーストラリアでエンジニアの仕事《しごと》をしてるんですって」おばさんが言《い》った。

「ほう、わたしもエンジニアなんだよ。いや、『だった』だな。いまは退職《たいしょく》して、年金生活《ねんきんせいかつ》だ。それにしても、ぐうぜんだなあ。きみのお父《とう》さんは、オーストラリアでなにをしてるんだい？」

「大きな工場《こうじょう》ができるので、ちゃんと完成《かんせい》するか、うまく動《うご》くか、パパは見とどけなくちゃいけないんです。もう何《なん》か月《げつ》もまえから行《い》ってます」

「まあ、それじゃ、さびしいわねえ」おばさんが言《い》った。

ルフスはだまってうなずいた。

「お母《かあ》さんは？」おじさんがきいた。

「ママは家《いえ》にいます」

おじさんとおばさんが、いっしゅん顔《かお》を見合《みあ》わせた。ルフスは、ふたりの目が急《きゅう》にまん丸《まる》になったような気がした。見まちがいだろうか。

「ひとり旅《たび》か。ぼうやは勇気《ゆうき》があるなあ」おじさんが言《い》い、おばさんがルフスの頭《あたま》をやさしくなでてくれた。

「ひとりじゃありません。シドニーがいっしょだもの。シドニーのような友《とも》だちがいれば、ぜったいひとりぼっちにはならないから」

ふたりはルフスに、にっこりほほえんだ。そのとき、案内《あんない》のアナウンスが聞《き》こえてきた。まもなく搭乗開始《とうじょうかいし》だ。おじさんは上着《うわぎ》のポケットをさぐって、飛行《ひこう》機《き》の搭乗券《とうじょうけん》を二枚《まい》出した。

「ぼくも、そういうの持《も》ってます」ルフスは持《も》ってきた搭乗券《とうじょうけん》をふたりに見せた。

「あらまあ、じょうずに作《つく》ったわね」おばさんがほめてくれた。

おじさんはおばさんに、「すぐに客室乗務員《きゃくしつじょうむいん》が、世話《せわ》をするさ」と、そっと耳《みみ》打《う》ちした。でも、ルフスにはちゃんと聞《き》こえていた。

だれの世話《せわ》をするんだろう？

きいてみようと思《おも》ったとき、耳《みみ》もとでシドニーの声《こえ》がした。

「ぼくたちも、この飛行機《ひこうき》に乗《の》りますよ」

「でも、まずチェックインしなくちゃ」ルフスは言《い》った。

「よかったら、それはわたしがあずかろう」おじさんがルフスの手から搭乗券《とうじょうけん》をとった。「ほんとうに、よくできてるなあ」と、感心《かんしん》している。

「荷物《にもつ》はないの？」おばさんがきいた。

ルフスがせなかのリュックを指《ゆび》さすと、おじさんが、ルフスの手をにぎって話《はな》しだした。

「ぼうや、ソーラー発電《はつでん》は知《し》ってるかい？」

もちろん知《し》っている。パパが働《はたら》いているのは、ソーラー発電《はつでん》の設備《せつび》を作《つく》っている会社《かいしゃ》だ。

「知《し》ってます。太陽《たいよう》の光《ひかり》でエネルギーを作《つく》るんですよね」

「ああ。わたしも働《はたら》いていたころは、その設備《せつび》を世界《せかい》じゅうにとりつけてまわったんだよ」おじさんはそう言《い》って、三枚《さんまい》の搭乗券《とうじょうけん》を、係《かかり》の女の人にわたした。

係《かかり》の人は一枚《まい》めと二枚《にまい》めを機械《きかい》にとおすと、つぎにルフスが作《つく》った搭乗券《とうじょうけん》を見て、くすっと笑《わら》い、そのままおじさんに返《かえ》した。おじさんも、そのままルフスに搭乗券《とうじょうけん》を返《かえ》した。

そのとき、シドニーが大声《おおごえ》でさけんだ。

「ネズミだ！」

ルフスは自分《じぶん》が聞《き》きちがえたのかと思《おも》い、「ネズミ？」と、ききかえした。

「えっ、ネズミがいるの？」と、こんどはおばさんがルフスにきいた。

「あ、ぼくじゃなくて、シドニーが見かけたみたいで……」ルフスは答《こた》えた。

すると、あっというまに「ネズミ」ということばが広《ひろ》まって、あちこちから聞《き》こえてきた。

「ネズミ？　どこどこ？」という声《こえ》。つづいて女の人の悲鳴《ひめい》。目のまえにネズミがいたとしか思《おも》えない声《こえ》だ。

係《かかり》の女の人は、いすの上に立ちあがってよびかけた。

「みなさま、落《お》ち着《つ》いてください。ネズミなんかいません。ほんとうです！」

「ほんとうだと？　なんてこった、ほんとにネズミがいるのか」

「いやだ、ほんとうにネズミ？　どこなの？」

「こっちだ！」遠《とお》くの人たちも、ざわざわしている。

でも、おじさんだけは、ネズミのことは気にならないらしい。さわぎには、いっさいかまわず、ルフスの手をにぎったまま、長《なが》い通路《つうろ》をどんどんすすんでいく。

「わたしはね、いろんな国《くに》で仕事《しごと》をしたんだよ。スウェーデン、スペイン、ギリシャ、オーストラリア、アフリカでも」

ルフスは思《おも》った。パパにはあまりたくさんの国《くに》で仕事《しごと》をしてほしくない。外国《がいこく》で働《はたら》くってことは、ぼくとはいっしょにいられないってことだもの。

気がつくと、そこはもう飛行機《ひこうき》の中だった。

「きみの席《せき》はどこかな？」おじさんが言《い》った。

シドニーが「ぜひまどぎわに。外《そと》が見えます」とささやいた。でも、ルフスは肩《かた》をすくめて、小声《こごえ》で言《い》った。

「すわったりしていいのかな？」

「係《かかり》の人は、ぼくたちのチケットもしっかり見てましたよ」

シドニーの言《い》うとおりだ。ちゃんと見て、それでとおしてくれたんだから、だいじょうぶなのかも。

おばさんが言《い》った。

「ちょっとまってみたら？　ほかの人たちが全員《ぜんいん》すわっても、わたしたちのとなりが空いたままなら、そこにすわればいいわ」

ほかの乗客《じょうきゃく》たちが、つぎつぎにルフスの横《よこ》をとおりすぎていく。おばさんのとなりの席《せき》は、さいごまで空いたままだった。ルフスはそこにすわってシートベルトをしめ、シドニーをぎゅっとだきしめた。

もうすぐパパに会《あ》える！

ルフスは大きく深呼吸《しんこきゅう》をした。

14　そして、ついに……

ルフスは少《すこ》し眠《ねむ》って、夢《ゆめ》を見た。出てきたのは、ママと自分《じぶん》の部屋《へや》、それに、ヤニーネ。ヤニーネが夢《ゆめ》に出てきたのは、はじめてのことだった。

「お孫《まご》さんは、ふつうのお食事《しょくじ》でよろしいですか、それともベジタリアン用《よう》で？」

客室乗務員《きゃくしつじょうむいん》の声《こえ》で、ルフスは目が覚《さ》めた。飛行機《ひこうき》の排気音《はいきおん》が、ゴオオオと耳の中で鳴《な》りひびいている。まどの外《そと》はまっ暗《くら》で、なにも見えない。

「孫《まご》じゃないんですよ。さっき空港《くうこう》で知《し》り合《あ》ったばかりで」おばさんが言《い》った。

「では、この子のつきそいの方《かた》は、どちらに？」乗務員《じょうむいん》は、ちょっとあわてている感《かん》じだ。

目を覚《さ》ましたシドニーが、返事《へんじ》をした。

「つきそいは、ぼくですよ。ある重要《じゅうよう》なミッションでいっしょに行《い》くところでして。ピーナツバターと焼《や》きたての白パンを持《も》ってきていただけませんか？」

でも、乗務員《じょうむいん》はシドニーの声《こえ》が聞《き》こえなかったのか、こんどはルフスにきいてきた。

「お父《とう》さんやお母《かあ》さんは乗《の》っていないの？」

ルフスはうなずいた。乗務員《じょうむいん》はあ

たりを見まわすと、「どういうことなの？」と、何度《なんど》もつぶやき、顔《かお》をまっ赤にし、それからまっ青になって、あわてて前方《ぜんぽう》へもどっていった。

「もうおしまいだ。つかまっちゃう。ぼくの搭乗券《とうじょうけん》は、にせものだもの」ルフスはためいきをついた。

「そんな。あの人はただの助手《じょしゅ》です。でなければ、すぐにつれていかれたでしょうからね。なにもできませんよ」

「そうかなあ。きっと、もっとえらい人をつれてもどってくるんだよ」

「それはあるかもしれません……」

「そしたら、どうなるの？」

「そしたら、ぼくらを飛行機《ひこうき》からほうりだすでしょうね。それが国際的《こくさいてき》なルールですから」

「空の上で？」

「着陸《ちゃくりく》するまでまってくれると思《おも》いますか？」

ルフスは、急《きゅう》に気分《きぶん》がわるくなってきた。

「せめて、パラシュートをもらえないかな？」

「だめでしょうね。でも、とにかく、つかまらなければいいわけですから、トイレにかくれていましょう。　飛行機じゅうをさがしまわるには、何時間もかかります。　そのうちにオーストラリアに到着《とうちゃく》しますよ。してやったり、ざまあみろだ。

そうなったら、やつらも手出しはできません」

「何時間《なんじかん》もトイレにいるなんて、いやだよ」

シドニーとむちゅうでしゃべっていたら、ふと、となりの席《せき》から、おばさんが自分《じぶん》の顔《かお》をのぞきこんでいるのに気づいた。ルフスは、どきっとした。

「ぼうやのママは、ここにいることを知《し》ってるのよね？」

ルフスは「ママ」ということばを耳にしたとたん、おなかのあたりがずうんと重《おも》くなった。ママとはなれてこんなに遠《とお》くまで来《き》たのははじめてだし、ママは、ぼくがここにいることを知《し》らない。

ママはいつも、友《とも》だちの家《いえ》へ行《い》ったヤニーネが少《すこ》し帰《かえ》りがおそくなっただけで、ものすごく心配《しんぱい》する。いまごろはきっと、リビングを行《い》ったり来《き》たりしながら、電話《でんわ》をにらんで、ぼくから連絡《れんらく》が来《く》るのをまっているだろう。でも、電話《でんわ》は鳴《な》らない。だって、かけられないんだから。

ママは泣《な》いて、何回《なんかい》も鼻《はな》をかんで、ティッシュがもう山のようになっているにちがいない。パパに、「ルフスが行方不明《ゆくえふめい》よ、すぐ帰《かえ》ってきて」と、連絡《れんらく》したかも。もしそうなら、ぼくがオーストラリアについても、パパはもういないかもしれない。

メモをのこしてくれればよかった。「オーストラリアへ行《い》きます。パパに、『まってて』ってつたえておいて」とか書《か》いておけば、ママもそんなに心配《しんぱい》しないし、ルフスもあとであまりしかられずにすむかもしれないのに。

考《かんが》えているうちに、気がつくと目からなみだがあふれそうになっていた。

そのとき、シドニーがルフスをつついた。

「やつらが来《き》ました。かくれましょう！」

通路《つうろ》の前方《ぜんぽう》から、さっきの客室乗務員《きゃくしつじょうむいん》が、急《いそ》ぎ足《あし》でやってくる。こんどは制《せい》服《ふく》を着《き》た男の人もいっしょだ。機長《きちょう》か副機長《ふくきちょう》かもしれない。ルフスはすばやく通《つう》路《ろ》に出て、シドニーをしっかりかかえ、後方《こうほう》へむかって走《はし》りだした。

ところが、たった三歩《ぽ》で、べつの乗務員《じょうむいん》に思《おも》いきりぶつかってしまった。ワゴンをひいて食事《しょくじ》を配《くば》っている。ワゴンが通路《つうろ》をふさいでいて、その横《よこ》をすりぬけるのはむりだ。もうだめだ！　逃亡《とうぼう》はしっぱいだ……。

「やだよ、死《し》にたくないよう！」ルフスは大声《おおごえ》でさけんで、床《ゆか》につっぷした。

「シートにしがみついて！　手をはなさなければ、やつらも外へほうりだすことはできません」シドニーが早口でささやいた。

ルフスは目のまえの座席《ざせき》のあしを力いっぱいにぎり、目をとじて、いきをとめた。足音が近《ちか》づいてくる。とまった。どきどきして心臓《しんぞう》がはれつしそうだ。

「シドニー、ぼくたち、どうなるの？」

「その答《こた》えはむずかしい、ひじょうにむずかしい」シドニーはそう言《い》って、早口でつけくわえた。「カモノハシは、一万メートルの高《たか》さでも生きていられますが、人間《にんげん》にできるかどうかはわかりません！」

制服《せいふく》の男の人がひざまずき、ルフスの肩《かた》に手をかけた。

「どうして、死《し》にたくない、なんて言《い》ったのかな？」

「だって、ぼくたちを飛行機《ひこうき》からほうりだすんでしょ？」

男の人は笑《わら》いながら、首《くび》を横《よこ》にふった。

「わたくしどもは、お客《きゃく》さまを飛行機《ひこうき》か

らほうりだしたりはしませんよ。ましてや、小さな密航者《みっこうしゃ》さんに、そのようなことは、けっして」

「まったく新《あたら》しい規則《きそく》だ。初耳《はつみみ》だ」シドニーが小さくつぶやいた。

「みごと保安検査《ほあんけんさ》もすりぬけた密航者《みっこうしゃ》さんに、ぜひお話《はなし》を聞《き》きたいな。あちらのコックピットで」男の人が言《い》った。

「コックピット?」ルフスがきいた。

「ええ、いますぐおねがいします。クライン機長《きちょう》も、きみに会《あ》いたがっていますよ」

「わなだ。このあやしい人たちにだまされてはいけない!」シドニーがわめいている。でも、今度《こんど》ばかりは、ルフスも耳をかさなかった。だって……コックピットに入れるなんて!

「シドニーもつれてっていいですか?」

「もちろんです」

そんなわけで、ルフスとシドニーは、コックピットの中にいた。
副機長《ふくきちょう》が、空港《くうこう》と話《はな》している。予定《よてい》どおりの時刻《じこく》に着陸《ちゃくりく》するという連絡《れんらく》だ。
さっきはあわてていた客室乗務員《きゃくしつじょうむいん》も、ほっとしたようすで、ルフスに夕食《ゆうしょく》と飲《の》みものを運《はこ》んできてくれた。食《た》べおわると、ルフスは機長《きちょう》たちにきかれたことを、ぜんぶ正直《しょうじき》に話《はな》した。保安検査《ほあんけんさ》場《じょう》までどうやって行《い》ったか、どんなふうに検査《けんさ》ゲートをとおりぬけ、チェックインをせずに飛行機《ひこうき》に乗《の》ったのか。

ただ、シドニーがどうしてもネズミのことだけは言《い》わないでほしいと言《い》うので、それだけはだまっておいた。たぶん、ネズミ作戦《さくせん》がなくても飛行機《ひこうき》には乗《の》れただろう……。

ルフスは、パパやママに知《し》らせたことや、パパがシドニーの空港《くうこう》にむかえにくることも、聞《き》かされた。


気がつくと、ルフスは、ブレットシュナイダー夫妻《ふさい》のとなりにすわっていた。いつのまにかぐっすり眠《ねむ》ってしまい、席《せき》につれてきてもらったらしい。

「席《せき》をかわろうか？」まどぎわにいるご主人《しゅじん》がきいた。「そろそろ、オーストラリアの西海岸《にしかいがん》が見えてくるよ。まどぎわのほうが、よく見えるだろう？」

ルフスはまどぎわの席《せき》にうつった。でも、シドニーは東海岸《ひがしかいがん》なので、到着《とうちゃく》まではたっぷり時間《じかん》がある。朝《あさ》ごはんを食《た》べたら、このおじさんとおばさんにも、さいしょからぜんぶ話《はな》そう……。

ルフスとシドニーが、機長《きちょう》と副機長《ふくきちょう》につれられて、オーストラリアの入国審《にゅうこくしん》査《さ》をとおったのは、お昼《ひる》ごろのことだった。副機長《ふくきちょう》と手をつないで、到着《とうちゃく》ロビーに足をふみいれたとたん、ルフスは、とてもほこらしい気持《きも》ちになった。ロビーには、たくさんの人がいる。

あっ、パパだ！

パパがちょっとかがんで、大きく手を広《ひろ》げている。ルフスは、ぱっと笑顔《えがお》になった。

「パパー！」

大声《おおごえ》でさけぶと、ルフスは副機長《ふくきちょう》の手をはなし、シドニーをしっかりかかえて、全力《ぜんりょく》で走《はし》りだした。

訳者《やくしゃ》あとがき

ルフスは、ドイツの小都市《しょうとし》に住《す》む、サッカーが好《す》きなふつうの男の子です。おそらく小学校二、三年生くらいでしょう。いまは、パパが仕事《しごと》で何《なん》か月《げつ》もオーストラリアへ行《い》っていて、ママとお姉《ねえ》ちゃんとの三人ぐらし。大すきなパパには会《あ》えないし、お姉《ねえ》ちゃんもこのごろちっとも遊《あそ》んでくれないので、ちょっぴりさびしい思《おも》いをしています。

そんなある日、ルフスが出会《であ》ったのは、なんと人間《にんげん》のことばを話《はな》すカモノハシのシドニー！　動物園《どうぶつえん》を逃《に》げだしてきたというシドニーは、いっしょに自分《じぶん》のふるさとのオーストラリアへ行《い》こう、とルフスをさそいます。「あなたしかいない！」と、たよりにされたルフスは、シドニーといっしょにパパに会《あ》いにいこう、と思《おも》うのですが……。

このゆかいな物語《ものがたり》を書《か》いたのは、ドイツのデュッセルドルフに住《す》むミヒャエル・エングラーという作家《さっか》です。大学を出たあとは、オランダの出版社《しゅっぱんしゃ》でコミックを作《つく》る仕事《しごと》にたずさわり、お話作《はなしづく》りと絵《え》の両方《りょうほう》を担当《たんとう》していました。その後《あと》はしばらく、ドイツの大手広告代理店《こうこくだいりてん》でイラストを描《か》いていたのですが、やっぱり子どものころからすきだった、物語《ものがたり》を作《つく》る仕事《しごと》がしたいと思《おも》うようになったそうです。現在《げんざい》は作家《さっか》として、児童書《じどうしょ》や劇《げき》やラジオドラマなど、幅広《はばひろ》い分野《ぶんや》で活躍《かつやく》しています。この本の登場人物《とうじょうじんぶつ》はみんな、目のまえにいるかのように生き生きと、ユーモアたっぷりに表現《ひょうげん》されています。そこには、コミックやイラストの仕事《しごと》での経験《けいけん》も生きているのでしょう。

カモノハシのシドニーは、なぜか話《はな》し方《かた》がとてもていねいで礼儀正《れいぎただ》しく、ずいぶんともの知《し》りなようなのですが、そうかと思《おも》うと、バスも地球儀《ちきゅうぎ》も知《し》らなくて、ちょっぴりまがぬけています。でもルフスは、そんなシドニーのことをすっかり信用《しんよう》していて、言《い》われたとおりにしては、何度《なんど》もたいへんな目にあいます。ときにはふたりそろってかんちがいをして、大しっぱいもするのですが、シドニーは、どんなにしっぱいしても、のんきにつぎの計画《けいかく》を考《かんが》え、そしてルフスは、あいぼうにたよりにされると、すぐにまたその気になってしまうのです。そんななかよしコンビは、訳《やく》していてもほほえましくて、つい応援《おうえん》したくなりました。

さて、シドニーは、人間《にんげん》のことばも話《はな》せる、とくべつなカモノハシですが、ここでふつうのカモノハシについて、少《すこ》しだけお話《はな》ししておきましょう。

カモノハシは、オーストラリアの東部《とうぶ》とタスマニア島《とう》にしか生息《せいそく》していない貴《き》重《ちょう》な動物《どうぶつ》です。残念《ざんねん》ながら、日本では動物園《どうぶつえん》でも見ることができません。哺乳《ほにゅう》類《るい》なのに、鳥《とり》のように卵《たまご》から生まれ、水かきのついた足と、ビーバーのようなしっぽ、そして、カモのようにひらたいくちばしを持《も》っています。好物《こうぶつ》はピーナツバターではなく、水中にいる虫や貝やエビなどで、泳《およ》ぎはたいへん得意《とくい》ですが、木登《きのぼ》りはしないようです。

ルフスとシドニーが目指《めざ》したオーストラリアは、ドイツからは飛行機《ひこうき》の直行《ちょっこう》便《びん》に乗《の》ってもまる一日かかる、とても遠《とお》い国《くに》です。ちょうど日本の私《わたし》たちが、地《ち》球《きゅう》の反対《はんたい》がわのブラジルやアルゼンチンへ行《い》くようなものですから、ルフスたちの計画《けいかく》が、そうかんたんにうまくいくはずはありません。読者《どくしゃ》のみなさんも、とぼけたやりとりをするふたりをあたたかく見守《みまも》りつつ、この物語《ものがたり》をたのしんでいただけたらうれしいです。

ところで、ドイツの空港《くうこう》のセキュリティは決《けっ》してあまくないことを、念《ねん》のため申《もう》しそえておきます。

ルフスとシドニーたちをとても表情《ひょうじょう》豊《ゆた》かに描《えが》いてくださった杉原知子《すぎはらともこ》さん、そして、いっしょにこの物語《ものがたり》をたのしみながら、的確《てきかく》なアドバイスをくださった徳間書店《とくましょてん》の田代翠《たしろみどり》さんに、心《こころ》から感謝申《かんしゃもう》しあげます。

二〇二〇年七月

はたさわゆうこ

【訳者】
はたさわゆうこ（畑澤裕子）

1992年上智大学大学院文学部ドイツ文学科博士後期課程修了。現在、大学でドイツ語担当非常勤講師を務める。訳書に、児童文学『世界一の三人きょうだい』『ウサギのトトのたからもの』『小さいおばけ』『小さい水の精』「ひみつたんていダイアリー」シリーズ『ぼくとヨシュと水色の空』（徳間書店）、絵本『あおバスくん』『もぐらくんのすてきなじかん』（フレーベル館）『うさぎ小学校』（徳間書店）『スノーベアとであったひ』（鈴木出版）などがある。

【画家】
杉原知子（すぎはらともこ）

東京都国立市生まれ。東京女子大学短期大学部卒業後、セツ・モードセミナー、武蔵野美術大学通信教育部で学ぶ。ターナー株式会社主催の若手イラストコンクール TURNER AWARD'92で最優秀賞を受賞。イラストレーターとして、雑誌や絵本で活躍中。主な絵本に『こうえんのかみさま』『あいうえおのうみで』（徳間書店）、『ひみつのたね』『しんちゃんのひつじ』（文化出版局）、児童文学の挿絵に『のんびり村は大さわぎ！』『なんでももってる（？）男の子』（徳間書店）『がんばれゆうくん一年生』（鈴木出版）などがある。東京都在住。

【ぼくのあいぼうはカモノハシ】
Rufus und sein Schnabeltier
ミヒャエル・エングラー作
はたさわゆうこ訳 Translation © 2020 Yuko Hatasawa
杉原知子絵 Illustrations © 2020 Tomoko Sugihara
172p、22cm NDC943

ぼくのあいぼうはカモノハシ
2020年8月31日　初版発行
2021年4月５日　２刷発行
訳者：はたさわゆうこ
画家：杉原知子
装丁：木下容美子
フォーマット：前田浩志・横濱順美

発行人：小宮英行
発行所：株式会社 徳間書店
〒141-8202　東京都品川区上大崎3-1-1　目黒セントラルスクエア
Tel.(03)5403-4347(児童書編集)　(049)293-5521(販売)　振替00140-0-44392番
印刷：日経印刷株式会社
製本：大日本印刷株式会社
Published by TOKUMA SHOTEN PUBLISHING CO., LTD., Tokyo, Japan.　Printed in Japan.

徳間書店の子どもの本のホームページ　https://www.tokuma.jp/kodomonohon/

ISBN978-4-19-865151-0